文化
中国

赋者风流

司马相如

结波宁　许今夏　著

上海文化出版社

　　我每次回沪都会留意 SMG 纪实频道《文化中国》栏目。比起在其他电视台的"论坛"、"讲座"类节目,它对我更有吸引力,颇有"目不转睛"的感觉。"易经"、"孔子"、"老子"并不容易诠释,但是《文化中国》做到了。它能针对现代人的心理,通俗地以古人的哲学智慧予以点拨,达到了"古为今用"的效果。

　　不要小看了讲故事,中国古代一位著名禅师说过,人与真理之间最短的距离就是故事;他还说,一枚丢失的金币,就是在点燃一根小小的蜡烛后找到的。

　　我还注意到,《文化中国》不仅是单一的影视节目,还配合有出书、讲述人评选和"轻松读历史,快乐品文化"等高品位活动。我忽然悟到《文化中国》成套的文化产品不正是"海派文化"的创新吗?与其用很多时间去挖掘"海派文化"的历史,不如用大部分精力来创造新的"海派文化"。

　　"十七大"提出,大力推进和谐文化建设,繁荣社会主义文化,满足人民群众日益增长的精神文明需求,这要靠全国文化界的努力。我相信《文化中国》也必会按此要求而更上一层楼。

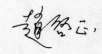

Culture
CHINA

目录

Culture
CHINA

【壹】 风流才子大剑客

　　说起司马相如,大家对他那段故事很熟悉,那就是私奔。是这样的,他年轻的时候一度穷困潦倒,就投奔了县官朋友,当地富人听说县太爷的好朋友来了,纷纷请他吃饭。结果就在当地首富请吃饭的时候出了一件大事,酒席上司马相如当众弹琴一曲,琴声优美,打动了主人家女儿的芳心,这位女儿才貌双全,年方十七却不幸丈夫去世,在父母家守寡,这就是大名鼎鼎的卓文君。也不等司马相如向她父亲提亲,卓文君情难自禁,居然连夜就和司马相如私奔了。

天价稿酬

今波：司马相如和卓文君私奔的故事，在民间有相当
　　　的知名度。但是可能很多朋友不知道，在汉代
　　　文学当中，司马相如的地位非常之高，有"赋
　　　圣"之称。

许结：对。所谓"大汉文章两司马"，一个是史学家司
　　　马迁，一个就是大赋家司马相如。司马相如的
　　　赋在当时是非常流行的一种文体，他的《子虚
　　　赋》、《上林赋》都是流传千古的名篇。最有意
　　　思的是，他有一篇赋卖了一个大价钱。

今波：衡量他在文坛上的地位，也要来看看他的一篇
　　　赋稿酬有多少。

许结：说起他的稿酬，那就是汉武帝的陈皇后曾经用
　　　百（斤黄）金来买司马相如的赋，这就是著名的
　　　《长门赋》。

今波：为什么她要买这篇赋呢？

许结：汉武帝是个风流皇帝，小时候就看中了他的表
　　　姐，阿娇，就是后来的陈皇后。

赋者风流·司马相如

今波：青梅竹马不说，还出了个"金屋藏娇"的典故。"娇"就是陈阿娇。

许结：后来汉武帝又看上一个歌伎，叫做卫子夫。

今波：也就是我们都很熟悉的大将军卫青的姐姐。

许结：于是汉武帝有了新欢，就冷落了陈皇后。陈皇后很生气，找了个巫师诅咒卫子夫，弄个小人用针戳她。

今波：使这种阴招，这叫做"巫蛊"。

许结：结果被汉武帝发现了，事情没办成，阿娇反而被打入冷宫，打到了长门宫。

今波：成了"弃妇"。

许结：凄凉啊，没办法！结果她一想，司马相如的赋写得太好了，于是就找人花百金买司马相如的赋，司马相如就给她写了《长门赋》。

今波：这篇赋达到预期效果了吗？

许结：两种说法，赋前面一个小序，序上面讲这篇赋献上去以后打动了汉武帝，结果武帝重新宠幸了陈皇后。但是正史不是这么记载的。相反更可靠的是第二种说法，《史记》说从来没有宠幸过。

今波：怎么就有如此截然相反的两种说法呢？

许结：因为这篇赋写得太好了，凄清而美丽，能打动人心，所以人们都忍不住想象它肯定能打动汉武帝。你看那赋开头写"期城南之离宫，修薄

具而自设"，写的是一种期盼皇帝来宠幸她的状态。结果皇帝没来，主人公就登高，"登兰台而遥望兮，神怳怳而外淫"，看啊看啊，望断秋水。结果还是没来。没来她还是不甘心，就弹琴。人家借酒浇愁愁更愁，她是琴声越弹愁越愁。后来没办法，夜里就做梦了，梦里面是"魂若君之在旁"，好像皇帝就来了。但是恍然一梦，醒来过后两眼空空，没了。

今波：这的确是好文章！看过这文章之后，你想那皇帝他难道是铁石心肠，他不受感染吗？可惜汉武帝好像是太风流了，因为汉武帝自己就曾经说过，我这人三天不吃饭可以，但就不能离开女人，所以他的心不会老放在陈皇后身上。但是就这件事本身，百金买赋，历史上有这么回事吗？

许结：这是很可能的。因为根据陈皇后的性格，很适合她。她曾经因为不生子，就花了重金买通医生想办法让她生子，结果也没有达到目的。陈皇后能够花百金买到这篇赋，如果能使皇帝回转心意，也就不错了。

今波：一百斤黄金来买这样的文章？这样，咱们来计算一下。他这篇文章总共有多少字？

许结：几百个字。

今波：当时一斤黄金大概相当于十万钱。什么概念？

西汉一匹马正常价钱两万钱,一个像样的奴婢仆人,两万钱也够了,这篇文章一百斤黄金可以买多少匹马多少个奴婢呢?五百匹马五百个奴婢,可以装备一支骑兵部队,就这么贵,所以司马相如当时拿的稿酬是天文数字。

许结:所以说才是赋圣嘛。

今波:就这一点来说,他的身价不得了,所以后代有很多粉丝。

许结:对。崇拜者众多。

今波:大诗人李白就曾经讲过,"十五观奇书,作赋凌相如",那意思,我比相如赋做得好。

许结:他诗做得好,赋不一定比相如好。

今波:有点吹牛了。

许结:再比如岑参讲司马相如是"名共东流水,滔滔无尽期"。夸奖司马相如文章好的人多得很,比如近代的鲁迅吧,他也讲司马相如是"卓绝汉代",就是说在汉代是执牛耳的,水平最高。

今波:另外一个常常和他相提并论的人也对他推崇有加,那就是司马迁,另一个司马。《史记》中专门为文学家立的传只有两篇,一篇是《屈原贾生列传》,贾生就是贾谊,另外一篇就是《司马相如列传》。我们看篇幅,《司马相如列传》比《贾生列传》的篇幅长出五倍来。篇幅就不一样。

许结：而且是单独列传，贾生还附在《屈原传》后面。贾谊的赋司马迁只收了两篇，而司马相如的赋司马迁帮他收了三篇，还有四篇文章，非常详细，非常重视他。

今波：作为一代文豪，他给后世留下了很多开创性的东西。首先要提的是我们经常会用的，一切都是"子虚乌有"，就是从他这儿来的。

许结：对，司马相如的文章后来很多成为典故成语。比如他跟卓文君私奔，跑回成都，一分钱没有，所以有个成语叫"家徒四壁"。这个人又好酒喝，到什么程度呢？一个鹔鹴裘，很好的一件裘皮衣服，把它脱下来换酒，所以叫"貂裘换酒"，有这么个典故。

今波："家徒四壁"我们现在经常在说。

许结：然后他卖赋，人家又讲"量金买赋"、"千金买赋"，这些都是典故成语，都是从他身上来的。

姓名来历

今波：通过我们刚才一番介绍，现在各位知道，司马相如的文章太出名了，人更出名，拿现在的话来讲那是位文化明星。下面我们也该了解一下他的个人情况了。

许结：史书上记载，他大概出生在公元前 172 年。因为司马迁写他的传是根据司马相如的文章，而司马相如对自己的生平没有介绍，所以就不太清楚。但是可以知道这个司马的姓氏来源，有这么一个参照。司马迁自己的《太史公自叙》里，就介绍了司马迁的姓氏来源。司马这个姓氏开始在周朝，是一个叫做司马的官职，当时做这个官的，是一个叫程伯休父的人。后来他的官丢了，就以这个官为姓氏。古代姓氏有各式各样的来源。

今波：您刚才说的是以官为姓的，还有以国名为姓、爵位为姓，以住的地方为姓、做的事情为姓的。司马、司空、司徒、司农等等这些似乎全都是官

职的名字。

许结：对。

今波：汉朝最有名的两个文人司马迁和司马相如偏偏都姓司马，是不是司马家就特产大才子？这两人是不是亲戚？

许结：祖上肯定是一个。司马迁的《史记》里面介绍了情况，开始的时候是周朝，后来司马氏由周这个地方迁到了晋，然后又由晋分为三支，一支到了魏国，一支到了赵国，一支到了秦。司马迁就是秦这一支的后人，但是司马相如究竟是哪一支的，没有记载，也无考。

今波：祖籍不详。但是司马相如的出生地应该是有记载的吧？

许结：司马迁记载他是"蜀地成都人"。司马迁离司马相如的年代很近，还是有一定可靠度的。但是究竟司马相如是生在成都，还是小时候父母把他带到成都？这就有待考证了。最近有很多学者进行了考证，说司马相如生在四川蓬安，蓬安是他真正的家乡。

今波：我们有同事曾经去蓬安县玩过，说那里风景很不错，很多景点都和司马相如有关。比如说什么相如琴台、相如坪、相如山等等，都是以他的名字命名的。

许结：蓬安这个地方在梁武帝天监年间就把它叫做

相如县,后来到了宋代才换了名字。当年命名县的时候是公元507年,到2007年正好是一千五百年,蓬安县还有庆祝活动。

今波：可惜了,蓬安县真要叫了相如县,名气可就更大了。

许结：四川本地人好多把到蓬安去,叫做"朝圣"。你看朝圣,孔子是儒家的圣人,司马相如也变成圣人了。什么圣人？赋圣。

今波：真是不简单,千古传颂的大才子。刚才您从司马相如的姓当中推测了不少东西,那么他这个名有什么讲究吗？

许结：司马相如字长卿,但他爹妈还给他一个小名,叫"犬子",就是阿猫阿狗的意思,后来才改成相如。

今波：这是要改啊！您想想,哪一位美女听到司马相如琴弹得这么好,从门缝当中偷偷一看,好帅呀,再一问,这位帅哥是谁？旁边的人回答,司马阿狗,就坏了,多丢人,对不对？

许结：为什么叫犬子,也有两种说法,一个说司马相如小时候好舞剑,调皮；但是还有另外一个说法更可靠,大概他小时候多病,怕不好养,所以给叫了这个名字。

今波：甭管怎么来的,反正听着就是不舒服,相如感觉就好多了,那他什么时候开始叫相如的呢？

许结：他崇拜一个偶像,战国时期的蔺相如,《史记》
里头记载司马相如"慕蔺相如之为人,更名相
如"。讲得很清楚。过去有一副对联,挺有意
思,叫"蔺相如司马相如名相如实不相如",下
联"魏无忌长孙无忌彼无忌此亦无忌"。

今波：衔接得多好!说起这蔺相如咱们大家其实对
他非常熟悉。

许结：蔺相如主要有两件大功绩,一个是完璧归赵,
一个就是使廉颇负荆请罪。所以后来将相和
好,赵国强大,秦国不敢欺负。他是很有一些
侠义的人,所以司马相如就崇拜他。除了蔺相
如之外,司马相如还有一个偶像。

今波：谁呀?

许结：荆轲。

今波：荆轲?是刺客啊。

许结：对,刺客他也崇拜。司马迁在写《刺客列传》之
前就写过一个《荆轲赞》,他们都非常崇拜
荆轲。

今波：司马相如这样一个文人,怎么会去崇拜一个刺
客呢?

许结：一方面在司马相如那个时代,游侠是一种社会
风尚;另一方面,司马相如也不是个文弱书生,
他从小就喜欢击剑。所谓"剑胆琴心"。

今波：文武双全。

许结：所以他在读书和舞剑中间度过了他的少年时代。从小他就胸怀大志，想建功立业。二十多岁的时候他要离开成都到京城去做官，骑马进京，过了升仙桥，到了长安门下，他就题了几个字，叫"不乘高车驷马，不过汝下"，也就是说，不做官不回来，不做大官不回来。

今波：有理想！但是汉朝那个时候还没有科举考试、科举制度，司马相如该怎样谋个一官半职呢？

许结：汉代选士制度最主要是察举制度，地方官推荐，有孝廉，有秀才，但还有其他的方法当官，比如献赋、通经，还有任子——二千石以上的官可以让儿子到朝廷做郎官。还有一种，就是家产在五百万钱以上的可以赀选，赀就是钱财，就是买官，有这个钱就可以做官，而司马相如开始就是"以赀为郎"，就是买了一个官。

今波：买官，这在后来是被人批得很厉害的。他能买到什么样的官呢？

【壹】风流才子大剑客

第一份工作

许结：一般都是郎官，算不错了，有时候还暂时没有
呢。司马相如那时候是有的，在汉景帝身边做
了一个"武骑常侍"。《史记索隐》里面记载，
这是个"秩六百石"，一般的官。"常侍从格猛
兽"，就是皇帝在观看猛兽搏斗或者自己参与
和猛兽搏斗的时候，司马相如做他身边的
保镖。

今波：这工作有点像总统贴身保镖的感觉。

许结：实际上就是陪着皇帝玩玩。

今波：这个官职能不能显示他还是有一定的武功呢？

许结：肯定的，没有武功怎么能做"武骑常侍"呢？他
是从小就有武功的。

今波：所以他击剑可能还真没白学。司马相如喜不
喜欢这份工作呢？

许结：老大不情愿！汉景帝死后，汉武帝更喜欢斗猛
兽，亲自斗猛兽，结果司马相如就上了一个《谏
猎疏》，说这些不是皇帝所能亲近的东西，太危

赋者风流·司马相如

险了。你不应该管这些事,你应该关心国计
民生。

今波：对,你想你靠近野兽玩得高兴,我们这些给你
陪侍保镖的人,冷汗那是一身一身地出。

许结：再加上他是饱读诗书,其实他更情愿展示
文才。

今波：遗憾的是他赋写得那么好,偏偏景帝不好辞
赋。司马相如怀才不遇,但再不情愿,他也是
给皇帝打工,总不能说跳槽就跳槽吧?

许结：结果机会来了。汉景帝前元七年,也就是公
元前 150 年,景帝的兄弟梁孝王进京来看他
的母亲窦太后,再看哥哥景帝。司马相如看
他身边带了很多文人来,非常羡慕啊!而梁
孝王呢,又看准了司马相如的文才,就把他带
走了。从此司马相如就开始了他的文人
生涯。

今波：司马相如能够说走就走吗?

许结：托病,司马相如说他生病要求辞职,当然这与
梁孝王的特殊身份也有关。

一个满腹经纶的英俊少年，带着一腔热血与雄心壮志，要在京城长安混出个人样来，却不料只当了个陪皇帝看杀野兽的保镖。郁闷了两年，司马相如终于可以跳槽换东家了，这一跳槽可就跳进了中国历史上最早的文人集团。欲知后事如何，且看下一篇《梁园度春梦》。

【贰】 梁园度春梦

话说司马相如给汉景帝当了两年多保镖,陪皇上看斗野兽。他非常不喜欢这份工作,一直很郁闷。有一天他遇到了一位风度翩翩举止高贵的男子,此人正是梁孝王。梁王非常欣赏司马相如。不但如此,这梁王身边还有一大帮才子,他们和司马相如志趣一样,那可真是吟风颂月,情投意合!司马相如此时非常想随着这些文友们一起到梁孝王身边去,可是他公职在身,而老板就是当今皇帝,他想跳槽,能成功吗?

游士生涯

今波：司马相如在皇帝身边，他能说跳槽，就跳槽吗？

许结：成功了。

今波：成功了？怎么成功的？

许结：他假装生病，就向景帝辞职了。

今波：这么容易啊！梁孝王是挖墙脚成功了，您说他
怎么敢挖皇上的墙角呢？

许结：梁孝王的身份非同寻常，他是汉景帝的同胞兄
弟，都是窦太后所生。

今波：一母同胞。

许结：窦太后又特别喜欢这个小儿子，所以在汉文帝
的时候，先封他为代王，然后封为淮阳王，后来
又封他为梁王。

今波：当时不仅仅是窦太后喜欢梁王，好像他和汉景
帝哥俩的关系也特别好。

许结：一般诸侯王是不能随便入朝的，这个梁孝王却
是多次入朝。在文帝的时候就五次入朝，看望
他的父母。到了景帝的时候，哥哥当了皇帝，

赋者风流·司马相如

也是多次入朝。入朝以后,景帝跟他同辇进出,情深意切啊。就是这样的关系。

今波：哥俩好！

许结：他们两兄弟这么情深,你想,找他要一个小保镖,能不给吗？所以相如这就去了梁国,然后就成了梁孝王门下的一个门客了。

今波：这门客的待遇怎么样呢？

许结：蓄养门客是战国遗风。战国时期改变战国以前的那种世卿世禄制,就是官传代。为了争霸,接纳人才,秦国就施行了一个"客卿制度"。引客来以后,看你立功而行赏。六国纷纷养士,比如有战国四公子、春申君、平原君、信陵君、孟尝君,就是以门客多而著称。

今波：说白了,就是当时所谓的人才引进,甚至有些是海归派,有些是直接从国外引进人才。

许结：比如商鞅、张仪、吕不韦、李斯都不是秦国人,秦国请他们过去,结果立下了不朽的功勋。

今波：这些门客都有些什么本事呢？

许结：三教九流什么都有,有的是经国之才,有的则是鸡鸣狗盗。不过都是很有些才能的,善辩有文采的,他们常常靠三寸不烂之舌,凭本事混饭吃。门客也可以叫游士。

今波：一会儿说是门客,一会儿又说是游士,这个在概念上怎么界定？

许结：游士的意思就是很自由，士就是读书人，他们
　　　可以朝秦暮楚，经常换东家。这种风气一直到
　　　司马相如的时代还存在。梁孝王来了以后，他
　　　身边一大批游士，所以司马相如就非常羡慕，
　　　就跟他去了，做游士去了。

今波：战国时期的游士常常是为诸侯政治霸业服务
　　　的。汉代的时候不一样，它已经是一个统一的
　　　帝国了，那些游士如果再在政治上、军事上帮
　　　助他们主子去搞名堂，这不是谋反吗？

许结：讲得非常对。西汉的时候，游士发生了一个功
　　　能性的转型。

今波：转变成什么样的呢？

许结：由这些军事、政治的人才向文士转变。但也有
　　　极少数还在这方面出点子，比如七国之乱的时
　　　候，有些门客就参与了谋反，后来被镇压下
　　　去了。

今波："七国之乱"是汉景帝时期的一件政治大事。
　　　那个时候格局尽管是大一统，但是诸侯王之间
　　　的势力还似乎有点战国时期的痕迹，他们常常
　　　会威胁到中央。当时有个很著名的人物，御史
　　　大夫晁错就协助景帝"削藩"，最后得罪了这帮
　　　皇兄皇弟们，导致集体造反，史称"七国之乱"。

许结：汉景帝虽然最后也把叛乱平息下去了，却没有
　　　根本解决问题，真正解决问题的是汉武帝。汉

赋者风流·司马相如

武帝听了主父偃的建议,用"推恩"之法来"削藩",就是让诸侯王的亲属子弟全部可以分田地。推恩,把恩泽推给他们,普及到每个人身上,这一下就把诸侯王划分为中地主、小地主,所以就自然消亡了。

今波:由大化小,由小化了,把它切分得更细一点,力量就聚不起来了。

许结:在汉武帝的时候,又施行了一个重要的政治变革。

今波:什么?

许结:施行了一个中官制度,以区别于外官,就是宰相的系统,以便更好地控制权力。中官就是内官,是皇帝身边的官员。这些人从哪里来呢?很多就是那些藩国的游士,把他们招进来,给汉武帝出谋划策。如果遇到政治上的大事,中官跟外官要进行"廷辩",论辩以后再执行。这些人有的有政治才能,有的有文才,纷纷进来了,从这以后游士就消失了。像司马相如就是从藩国的一个游士后来转变成宫廷的文学侍从。

今波:照您这么一说的话,司马相如这还是历史上最后一批游士门客了?

许结:对。他做游士的时候也留下了很宝贵的东西,比如那篇《子虚赋》。《子虚赋》为他的文学地

位打下了重要的基础,也是后来被汉武帝所赏识的汉赋。

今波:这是后话,我们再说。相如二十二岁到了梁国的时候,那真是青春勃发,跟着一片光明就走了,梁王也应该非常欣赏他的才华。

许结:他在这一段时期是最得意的,非常得意,因为梁王那一段时期也得意。汉景帝派了大将军周亚夫、窦婴平定七国之乱。叛军纷纷进逼京城,蜂拥而来,结果到了睢阳这个地方,就是梁孝王的封地,梁孝王把叛军给挡住了。后来朝廷的部队平叛比较顺利,梁王又参与了平叛,立下大功,得了首功,所以梁王的地位更高了。他的地位高了,身边的门客也就春风得意了。

今波:没问题。老板正红,手下人的待遇自然也就水涨船高。司马相如在那个时候的日子应该过得很不错吧?

许结:他除了跟定了这个老板之外,更重要的是他还得到了友情,梁王身边有一批门客都是文才,像枚乘、邹阳,一大批人才,个个文采出众。相如对他们是"见而悦之",心向往之。所以他"客游梁"就是冲着这种友谊而去的。

梁园美梦

今波：当时这种以文会友的氛围特别好。我们看《汉书·艺文志》，这当中您提到的几个人的文章全部收在里面，枚乘九篇，庄忌二十四篇，这全是当时他们这一圈子的人形成的作品，很了不起。

许结：梁王宾客，这批文人的创作在文学史上也应该是个大事。我们习惯的文学史上，都讲最早的文人集团是"建安七子"，实际上梁王宾客这批文人创作才是最早的文人集团。可以说司马相如是最早的文人集团中的作家。

今波：照您这么一说，其实也颠覆了中国文学史上的一个说法。把第一个文人集团从建安的时候又推到了汉景帝的时候。是不是这个意思？

许结：我想这应该是对的。在梁王的这个地方出现了一批非常优秀的人，梁园就变成了文学的一个很重要的发源地。

今波：梁园，在古代文学当中出现的频率是比较高

的,比如说"梁园虽好,非久恋之乡",还有什么"梁园旧梦",是不是就指他们这个"梁园宾客"的梁园?

许结:就是指这个梁园。梁园又叫做梁苑、兔园,是梁王建造的,它的故址在今天河南商丘的东部。这个园林非常大。在一本叫《西京杂记》的书里记载,梁王建造了很多很多的宫室,这里面有百灵山,还有很多奇石,还有飞禽走兽、奇花异果,可以说是应有尽有。你看梁王,在这里带一批文人真是愉快得不得了,司马相如也真是叫"乐不思蜀"了。

今波:您说陶渊明的世外桃源让后世多少文人向往,可是桃源不过是宁静逍遥的田园风光,哪比得上这个梁园?华丽梦幻,整个一个上流社会的顶级文化沙龙。

许结:这些人的任务主要就是创作,让梁王开心。在《西京杂记》里记载一件事,在兔园(梁园)里有一个馆叫做忘忧之馆,你看玩得都忘忧了,乐以忘忧。

今波:这个名字太点题了。

许结:而且有时候还进行文学比赛,梁王就曾在这里进行了一次辞赋大赛。他叫大家作赋,枚乘写了一篇《柳赋》,路乔如写《鹤赋》,公孙诡写《文鹿赋》,邹阳写《酒赋》,等等,写了很多。

梁王也通文采啊，然后亲自评阅。评阅过后，一看，韩安国和邹阳写得不好，罚酒三升；一看枚乘写得好，路乔如写得好，每人赐锦五匹。司马相如就在这样的氛围中间，你说他愉快不愉快？

今波：忘忧馆，这个名字起得太好了！有鹤、有鹿、有酒、有柳、有明月，还有一帮情投意合的好朋友，所以梁园才能够成为中国文人永远的梦境。

许结：杜甫在诗中说，"醉舞梁园夜，行歌泗水春"，把这个梁园跟孔子行教的地方并列起来。这个不得了！所以我就想到人家到孔子曲阜是朝圣，到蓬安也是朝圣，那时文人地位也很高。

今波：这样的日子谁听了都羡慕！在那么美妙的环境下，干自己想干的事情，有一帮朋友，过一生一世都不觉得累。

许结：可是天下没有不散的宴席，就像今波你刚才讲的"梁园虽好，非久恋之乡"。几年后发生事情了，破坏了相如的这段安静美好的生活。

今波：怎么了？相如和梁王出矛盾了吗？

许结：不是，梁王自己出矛盾了，梁王跟景帝有问题了。

今波：什么问题？

许结：这就是在早年的时候，据说汉景帝即位后，梁王进京，当时汉景帝没有立太子，结果就跟他

这个弟弟开玩笑,说我百年以后,你做皇上——皇位让给弟弟。他母亲窦太后就高兴得不得了,就当真了,始终惦记这个事。

今波:母亲最喜欢看到哥俩好。

许结:然后七国之乱过后,梁王又立了大功,他觉得哥哥的话肯定要兑现了,所以这样子兄弟俩感情更好了。结果却没有兑现。

今波:对,汉景帝后面大家都知道是武帝刘彻,肯定不是梁王。

许结:皇位是不能轻易给的。梁王立功了,景帝赐给他大片土地,所谓泰山以西四十多城全部给他了。

今波:地盘很大。

许结:然后梁王大兴土木,建了一个方圆三百多里的大花园,出行的时候用天子的旗帜,仿佛就是皇帝了,和他皇兄一样了。

今波:预备皇帝。

许结:结果不行。古代继位制度叫世及制度,一个叫做兄终弟及,就是哥哥传给弟弟,但是周朝以后,基本上不用了,基本上都是父死子继。到关键时候,景帝还是想把皇位让给儿子。梁王沮丧得不得了,后来过了几年机会又来了。

今波:怎么了?

许结:太子有问题被废了,窦太后也在旁边讲话了。

今波：梁王重新点燃了希望的火焰。

许结：对。后来景帝也犹豫了，这怎么办？就问大臣。大臣中有袁盎等几个人说万万不可，太子要立自己的儿子。

今波：大臣们当时秉承的观念还是应该父死子继。

许结：然后就把当时的胶东王刘彻立为太子，就是后来的汉武大帝。这一下梁王彻底没戏了。多难过？气得不得了！于是乎他就有动作了。

今波：难道他想直接篡位不成？

许结：没有敢篡位。但是他恨那些大臣，就是你们捣的鬼，把我兄弟感情搞坏了，使我没当上皇帝。然后梁王底下有两个门客，羊胜、公孙诡就帮他筹谋，策划派刺客把袁盎等那些大臣刺杀了。

今波：这事后来暴露没有？

许结：暴露了，而且最后查出来了。查出来以后，公孙诡、羊胜统统自杀，几百人被杀掉。梁孝王是汉景帝的兄弟，窦太后还在，景帝也不忍心怎么处理他，就冷遇他，摆在那里不管他了。所以这一下梁王受了打击。他自己也害怕得要命，惴惴不安，这个麻烦大了，我犯了这个大错误，怎么办？没办法。

今波：梁王这边是惶惶不可终日，但是这个时候司马相如他站队要站在哪一边？他的立场和态度怎么样？

遭遇惨变

许结：司马相如没事，他是个文人，他跟梁王只是文
学知音，他没有参与这些活动。

今波：其实论他的功夫也可以去当刺客了。没掺和？

许结：但是梁王倒霉了，司马相如也就倒霉了，所以
他也没有好日子过了。后来梁王想进京看他
的母亲，汉景帝都不允许。有一次梁王悄悄地
进京，进京以后不敢到皇宫去，就躲在长公主
（他姐姐）那儿。他母亲窦太后知道他进京了，
结果见不到人，就大哭大闹，说坏了，景帝你把
弟弟杀掉了，就是说景帝谋害了梁王，急得要
命。后来梁王在长公主那儿出来了，她又高兴
得不得了。但尽管这个母亲这么溺爱他，也没
用。后来梁王再想回京城，景帝一口回绝说不
许再来了，梁王气得不得了，郁闷几年死了。

今波：梁园虽好，最终的结果却是树倒猢狲散！司马
相如没了好老板，一帮子兄弟也都各奔前程
了，未来一下就黯淡了。司马相如接下来该怎

么办?

许结: 梁王的位置也没了,相如朝廷的位置也丢了,真是无路可走。

今波: 连个保镖他都做不了了。

许结: 于是他就决定回到四川成都的老家。谁知道祸不单行,这时候他的父母早就去世了,家里一点钱也没有了,变成一个破落户。所以在史书里说"家贫,无以自业"。相如怎么谋生呢?没办法了。

今波: 人生到了这个时候是一个大的低谷,再大的才子你总得吃饭,一顿不吃肚子会呐喊啊。相如找到什么新方法糊口了吗?

司马相如在梁国过了八年,这是他一生中最好的青春年华。随着梁王的死,司马相如不得不离开朋友们,从此天各一方。不过很快司马相如就将遇到生命中最重要的那个人,而他的吃饭问题也因此而一劳永逸地解决了。欲知后事如何,且看下一篇《琴迷俏佳人》。

【叁】 琴迷俏佳人

　　梁王死后,司马相如就回到了成都老家。他失业,家里也败落了,眼看就要一贫如洗,吃了上顿没下顿,不过接下来大家最熟悉的故事就要发生了。相如的老朋友王吉在成都附近的临邛县做了县令。正当相如一筹莫展的时候,王县令就对相如说了,你先到我这里来住住吧。相如觉得也不错,就搬到临邛一家宾馆里了。王吉是天天来看他,你看这样的朋友多难得! 可是司马相如开始还肯见见面,后来就总是摆架子,推说有病,不肯见王吉。这到底是为什么呢?

装病演双簧

今波：朋友这么好，可这司马相如摆什么臭架子，惹朋友生气。

许结：王吉不仅不生气，反而"益谨肃"，就是更尊敬他了。

今波：司马相如这病到底是真病还是假病？

许结：史书里面记载有一种病叫"消渴疾"，可能就是糖尿病。他可能是有这个病，但是也不至于到了不能见客的程度。你看他后来的一系列行为，根本没病到那个程度。但是为什么王吉还对他更加尊敬呢？我想有两种原因，一个就是司马相如曾经做过京官，我们可以讲瘦死的骆驼比马大，你这个小小县令对过去的京官还是要注意的。

今波：那您认为第二个原因会是什么？

许结：很可能相如是在装病，王吉不生气，实际上他俩在唱一个"双簧"。

今波：他们两个人的目标观众又是谁呢？也就是说

如果要唱双簧，这兄弟俩想蒙谁呢？

许结：你想想看，相如三十好几的人了，孤身一人飘泊在外，老朋友王吉看了好可怜，就想给他说个媒，骗个婚。

今波：噢，演这个双簧是为了婚姻大事。这怎么做？

许结：王吉对他特别恭敬，司马相如越摆架子他越恭敬。然后你们想想看，临邛这些富户一看，县太爷对那个人怎么那么恭敬，大家就更好奇了。于是这些有钱人就纷纷想邀请他，巴结他。最先上当的就是临邛的首富卓王孙。

今波：这卓王孙啊，是冶铁世家，对冶炼技术有专长，他以廉价食物招募贫民冶炼生铁，铸铁工具，供应当地民众和附近地区的少数民族生产生活之用，还远销云南等地。由于他善于经营，终致巨富。据说拥有家僮千人（《汉书》作八百人）。

许结：卓王孙一想，这个人了不起，就邀请了数百个客人，摆了很大的宴席，说王吉县令你帮我把这个人请来，我要见见他。结果一请，请不来。卓王孙亲自请，还是请不来。王吉再去请，说你给我点面子嘛，怎么能不去呢？这时候司马相如才摆着架子姗姗来迟。

今波：拿现在的话来说，这绝对是"托儿"。别看王吉现在是县太爷，我估计搞不好小时候他们两个人经常合伙蒙人。你说怎么就配合得这么好？

许结：《史记》上记载相如就到了卓家，就是卓府。大家一看，这个人真是风度翩翩，一表人才啊。

今波：但《史记》上也记载，司马相如有点口吃，就是结巴，他不能像诸葛亮那样口若悬河，舌战群儒，这个风采会不会大打折扣？

许结：是结巴，但是可能不太严重，讲几句话还可以。但是他可以扬长避短，所以他很少讲话。王吉能揣摩，知道他结巴，就说长卿琴弹得好，于是他就献上琴，说长卿给大家弹一曲吧。司马相如又摆架子了，不会不会，不弹不弹。可结果还是弹了。这一曲一弹，我估计大家也不太能听懂，因为他的目标是另外一个人，最能听懂的是门外有耳。

今波：隔墙有耳，那么这位是谁呢？

许结：卓王孙的女儿卓文君。

今波：欢迎女主角登场。咱们请许老师给大家介绍一下巴蜀第一美女卓文君小姐。

许结：卓文君绝对是个大美女。《西京杂记》记载，"文君姣好"，长得漂亮，"眉色如远山"。

今波："眉色如远山"，那应该是个什么样子？

许结：那种眉毛起伏如峦，像山上的岚气那么美。所以后来女孩子都学她画眉毛，画的眉就叫做"文君眉"或者叫做"远山眉"。

今波：那是绝色美女。

许结：可惜，十七岁就在家守寡。

今波：自古红颜多薄命。咱们分析一下当时卓文君
　　　的心理，盼望能够找到自己的归宿，好像司马
　　　相如来得正是时候。另外还有，她是才女，对
　　　不对？精通音乐吧？

许结：精通音乐。所以司马相如这琴一弹，弹的也不
　　　是一般的音乐。

今波：怎么不一般？

许结：琴声中间暗含着情意。史书里面讲，司马相如
　　　"以琴心挑之"。心灵的东西通过琴声传达出
　　　来，挑动一个人。

今波：给我们的感觉就像饭里面、酒里面下了蒙汗
　　　药，这琴里面也加了迷魂药。

许结：琴声美妙、摄人心魂。就是后世典故叫"琴
　　　挑"，"琴心相挑"。

今波：但是这里面有个问题，就是他当时弹琴这一段，
　　　卓文君是只听的音乐，还是边弹边唱有歌词？

许结：据说是有歌词。不少人认为是用歌词来表意
　　　的。《玉台新咏》里面记载了两首情歌，说明这
　　　是当时司马相如在临邛这个地方琴挑文君留
　　　下来的。

凤兮凤兮归故乡，遨游四海求其凰。

时未通遇无所将,何悟今夕升斯堂。
有艳淑女在此方,室迩人遐毒我肠。
何缘交颈为鸳鸯,胡颉颃兮共翱翔!
凰兮凰兮从我栖,得托孳尾永为妃。
交情通意心和谐,中夜相从知者谁?
双翼俱起翻高飞,无感我思使余悲。

——《琴歌》二首　选自《玉台新咏》

凤啊凤啊回到了故乡。我曾漂泊四
海,只为把你寻找,却一直没有找到。
今夜却在这里相逢,亲爱的,我的另一
半,你比我梦想的还要美。可离得那
么近,我的爱却说不出口,心里充满了
悲伤。怎样才能和你成对成双?
凰啊凰啊请跟我走,既然相遇就永远
不要分开。我们情相通心相映,半夜
一起离开谁知道?请和我一起远走高
飞,不要让我独自伤悲。

今波:我觉得这歌词当中就充满了一种对爱情的渴
　　望。第一首当中有"交颈鸳鸯",第二首有一个
　　"孳尾",实际上就是鸟兽雌雄交配,暗示共赴
　　云雨,这是不是有点太露骨了?

琴挑的奥秘

许结：琴歌的真实性有问题，至少有两个疑问。第一
　　　个疑问，琴歌描写的东西跟他琴挑文君的故事
　　　太像了，很像后人照这个故事写的这首诗。

今波：这里面已经出现了暗示说我们要一起远走高
　　　飞，不就是私奔了吗？

许结：还有一个问题，歌词太露骨了。这么露骨，大
　　　家都听懂了，何须只有文君一人能知音呢？

今波：您的意思是说如果当时有这歌存在，被琴挑的
　　　就可能不止卓文君一个人，也许在场再有个什
　　　么其他的女子，估计都给琴挑了？这就失去了
　　　原来故事的味道。您认为这歌词可能是不存
　　　在的？

许结：我认为是后人假托的。至少存疑吧。

今波：古琴里面有一首曲子叫《凤求凰》，据说就是后
　　　人根据司马相如和卓文君他们两人的故事给
　　　谱成的。当然倒是没有自称就是当时司马相
　　　如弹的那个曲子。但不论是在歌词当中也好，

赋者风流·司马相如

曲子当中也好，一直都在用凤和凰的意象。

许结：凤凰是传说中的祥瑞之鸟。古人讲，凤、麟、龟、龙是四灵，凤凰既然是这么高贵的鸟，司马长卿文名那么大，文君又是才貌双绝，所以他们俩被称为"凤凰"恰如其分。

今波：这儿我们借此机会跟各位交流一下，有一阵子女性起名，叫什么什么凤的特别多。很多人就认为凤是雌姓的代言，但实际上凤和凰是一雄一雌，说凤反倒是雄性，凰才是雌性。

许结：对。凤求凰，司马相如在追求着卓文君。

今波：卓文君她听到，这个人在琴里跟我说啥呢？脸就红了。琴声里说得好听，人长得怎么样呢？赶快看看。

许结：司马相如很美貌。《史记》里面讲，是"雍容闲雅甚都"，"都"就是美，既文雅又美貌，所以他跟卓文君两人既可以说是郎才女貌，又可以说是男貌女才。帅哥与靓妹，绝配。

今波：卓文君之前听琴声这脸就已经红了，琴里面说我爱你，我爱你，之后再一看这小伙子，这个脸就更红了，一颗芳心就此覆水难收了。但她不能主动，因为我们还说，凤求凰，男性追求女性的，接下来双方怎么行动的？

许结：史书里面这样记载，司马相如就派他的男仆送礼给卓文君的侍女，买通她。但是再后来戏剧

中间把它演义了，变化了，觉得这个不典雅，不美好，所以给那个男仆起了个名字叫做青囊，给那个侍女起了个名字叫红肖，然后这两个人帮着公子小姐鱼雁传书。用这种方法，结果是文君夜奔相如。

今波：私奔去了。想想自己和王吉的双簧成功了，相如必然怕夜长了梦多，最终穿帮，那就快点跑吧。那么，有人追他们吗？

许结：卓王孙后来想追，追不上了。

今波：您瞧，司马相如显然对于"父母之命，媒妁之言"没有什么信心，他确实怕这个岳父不接受自己，因为他知道，自己除了有点名气和硬摆出来的架子外，啥也没有。

许结：所以连夜"驰归成都"，回家了。

今波：这段风流案的历史性高潮就这样到来了。行动热烈浪漫，算不算得上咱们中国情史上的第一？

许结：我看应该可以算。你看，在整个过程中，司马相如表现了其良好的体力，带着文君连夜就跑回去，跑得比成吉思汗的蒙古骑兵还快。那就更证明了我们的猜测，司马相如当初是装病，追求女孩的时候你看体力那么好，用音乐把美女挑走了，美女还情愿放弃万贯家财，跟着这个穷小子跑了。

赋者风流·司马相如

今波：确实有两下子。那么这儿有个问题，用音乐来追求女性，算不算是司马相如的独创？

许结：不能算，自古就有这个传统，叫"以乐行媒"。音乐就是男女的媒人。《诗经》中大量的情歌都是这样的例子，比如，"静女其姝，俟我于城隅。爱而不见，搔首踟蹰。"这就是男孩子用音乐挑女孩子；再比如，"青青子衿，悠悠我心。纵我不往，子宁不嗣音？"这是女孩子用山歌来挑逗男孩。

今波：那我们就要讲了，琴为什么跟男女婚配有关呢？

许结：琴有五大好处。

今波：您来给我们说说。

许结：第一大好处，所谓琴棋书画不可或缺。

今波：必备的。

许结：所谓"君子所常御"，这个琴是随身带的。

今波：信手就可以拿来的这么一个工具。

许结：对。它不像钟鼓，钟鼓是祭祀用的，很庄严。而琴就是随身带，文人都喜欢带琴。

今波：是啊，你想带钟鼓走那也带不走啊，扛不动。

许结：所以这是第一个好处。第二个好处我们就要讨论琴的渊源，你想，琴是怎么来的？琴是谁造的？

今波：我们听到的故事当中，比较早的是什么钟子期

俞伯牙之类的。

许结：对。但它的制造有两种说法，一个是伏羲氏造
　　　的，一个是神农氏造的。伏羲氏造是更早的一
　　　种说法。伏羲氏在汉代是什么呢？

今波：好像已经有了和他的妹妹人首蛇身缠绕在一
　　　起的图像了，代表人类的繁衍和生育。

许结：对，就是婚神。所以他造琴本身就说明琴跟男
　　　女好合有关。

今波：看来，琴和情是密切相关的。

许结：我们再讲第三个好处。琴的材料，就叫琴材。
　　　琴是什么做的？

今波：一般是桐木和梓木做的。

许结：桐木比较空，做面子，梓木做底下。桐木属阳，
　　　梓木属阴，阴阳配合起来的声音正好是琴声悠
　　　扬。好合男女。

今波：阴阳不就是男女吗？

许结：对。它的材料就是用阴阳的方法来做的。

今波：这是琴材的象征意义。那第四呢？

许结：就是琴声。琴声是最便于传情的。过去琴有
　　　五弦琴，后来加两弦叫七弦琴。古人讲琴是最
　　　能够"导德宣情"的。一个名士叫嵇康，他写了
　　　《琴赋》，在《琴赋》里面讲，琴声能够"感荡心
　　　志，发泄幽情"。

今波：嵇康那是古琴高手，可惜广陵一曲终成绝唱，

他的《广陵散》是他的绝曲。

许结：琴声还分南北，北方琴谓之"北刚"，南方则为
　　　"南柔"。再分东西，也有一些变化。比如东边
　　　的吴地，吴地的琴声叫做"吴音清婉"；西部那
　　　叫蜀地，比如四川，司马相如的那个地方，是
　　　"蜀声躁急"，那躁急之声就像急浪奔雷，更有
　　　冲击力。

今波：那是快节奏的一种情歌，是劲歌。

相如的独门兵器

许结：这琴还有第五大功能，这可是司马相如独有的，就是他有一把琴叫做"绿绮"，这是一大名琴。

今波：据说中国历史上有四大名琴。

许结：第一大名琴是齐桓公的"号钟"，第二大名琴是楚庄王的"绕梁"，第四大名琴是汉末蔡邕的"焦尾"。而其中第三大名琴就是司马相如的"绿绮"。

今波：厉害，天下第三名琴！

许结：琴有这五大好处，所以后来琴就变成文人经常用的了，而且特别在男女婚姻上面起大作用。我举一个例子，《西厢记》。

今波：《西厢记》当中张生和莺莺精彩的一幕叫"听琴"。

许结：对，也是琴。张生追莺莺追到关键时候，就像足球队员临门一脚的时候，他怎么了？把琴掏出来了。抱着琴摸着琴，说，琴啊琴啊，你跟小生江湖多年,到这个关键时候我就靠你了。我虽然比不上司马相如的才,但愿崔莺莺听到这个音乐能像文君一样赏识我。后来这琴一弹,崔莺莺一听,果然像文君一样,说是太好了,然后就以心相许,接着就以身相许了。

今波:又一次琴挑成功,这琴挑好像成功率挺高的。可是琴挑虽然很浪漫,但感觉还是挺另类的,你说为什么司马相如他就不肯老老实实向人家卓王孙提亲?

许结:提亲绝对不会成功。他只有用这种另类方法才取得了成功。

司马相如本来吃饭都要靠朋友帮忙,现在离开了朋友,自己填饱肚子都成问题,何况身边还多了个如花似玉的卓文君。这对新婚小夫妇很快明白了一件事,爱情不能当饭吃,那么到哪里去吃饭呢?且看下一篇《浪漫好姻缘》。

【肆】 浪漫好姻缘

话说司马相如一曲《凤求凰》，打动了巴蜀第一美女卓文君的芳心，文君连夜逃到司马相如家。相如怕老丈人找他算账，又连夜带着美女逃回了老家成都。第二天卓王孙要找女儿了，怎么也找不到。四处一打听，才知道生米已经煮成熟饭，女儿已经是人家的人了。卓王孙不由大怒，这个不孝女，气死我也，我绝对饶不了她。

老丈人的心理

今波：你说好好一个女儿就这样给人拐跑了，换谁谁不气？而且卓王孙他们家又是大户人家，骄横惯了。这怎么办？找人收拾司马相如一顿？

许结：卓王孙气得要命，一听说女儿跟人家跑了，恨不得揍司马相如。但是司马相如很聪明，连夜跑了，跑到成都去了。

今波：想揍人还找不到人。

许结：所以卓王孙就大怒，我这个女儿太不争气了。我即使不惩罚她，也是一分钱也不给她。

今波：经济封锁。这对司马相如当时那个窘迫劲来说，杀伤力很大。但是人家毕竟是才子配佳人，才女配帅哥，谁看了都赏心悦目，作为宝贝女儿的爹，干吗就这么反对呢？这是不是有点封建礼教思想在作祟？

许结：有人说是贞操问题。我看不是的，因为在汉代的时候，贞操观还没有那么强烈。汉代初年，自由婚姻非常多，很多大人物娶的都是寡妇，

【肆】浪漫好姻缘

最典型的就是汉景帝。

今波：对，汉武帝刘彻的母亲王夫人，就是改嫁后才入宫给景帝做美人的。那是什么时候才有了贞操道德对妇女的这种要求的？

许结：第一个贞操令，就是表彰贞操的诏书，是汉宣帝的时候。但他也不是像后人讲的立贞节牌坊，只是说像这些寡妇或者不改嫁的人，生活很苦，我们要多给一些粮食，多给一些布匹。

今波：主要就是把妇联工作做好。

许结：对。到了汉末的时候，比如说曹操，他家几代都是立贱，改嫁的到他那里，无所谓。甄后很漂亮，但是是人家的，结果父子抢，兄弟闹，曹植还写了《洛神赋》。

今波：并没有后来程朱理学式的贞操观念。可是后世的一些文学或者戏剧当中，反映卓文君当时的情况，好像总是在替卓文君弥补、掩盖点什么，比如说可能她根本就没结过婚，叫未婚而寡，望门寡。

许结：唐宋以后，贞操观越来越强烈，大家思想就发生了变化，文人在戏剧中就开始编故事了。举一个例子，比如有一个叫孙柚的，他有一个写司马相如的戏，叫《琴心记》。这里头卓文君一出场，就有一段道白："奴家卓氏，小字文君，是卓王孙的女儿，早年父亲把我许配给窦太后的

赋者风流·司马相如

侄儿窦宝为妻。"

今波：还是皇亲国戚呢。然后怎样？

许结："未字而寡"。我还没出嫁，那个"倒霉的"就死
　　了，所以她还是洁身。

今波：姑娘之身还是清白的。

许结：对，所以这样子嫁给司马相如，就好了，不存在
　　改嫁的问题了。这完全是后代的一种修饰。

今波：后世相关作品好像动了很多的手脚。当然，到
　　郭沫若先生编的《卓文君》的戏剧里面，还是强
　　调卓文君还是个寡妇。

许结：这可以说是郭老把她恢复了寡妇的原来面貌。
　　但是这也是当时社会批判封建思想，所以他就
　　提倡寡妇改嫁，把卓文君又说成是寡妇了。

今波：也是在很多复杂想法的支配下变化的。那么
　　看来，当时司马相如顾忌的不是贞节观方面的
　　问题。可卓王孙为什么反对女儿的婚姻？是
　　不是怨他们的方式不当，你们干吗要私奔呢？

许结：你说的就是所谓的"父母之命，媒妁之言"。

今波：过去不是都讲究这个吗？

许结：在过去是有这个。婚姻有六礼，讲究父母之
　　命，媒妁之言。六礼有：纳采、问名、纳吉、纳
　　征、请期、亲迎。

今波：一连串的程序。但这里面还有一个问题。司
　　马相如什么时候到临邛，是在客游梁园以后，

对吗？那么，他的父母在哪呢？

许结：这里有两点，一是他父母也不在了，还有他本身就是一个游士，流动的。游士的婚姻就是他游到哪里，就在哪里结婚，这怎么可能有父母之命呢？

今波："父母之命，媒妁之言"的观念在那个时候还不是很强，所以您认为这还不是卓王孙最气的地方？

许结：对。我看这些讲究，都是贵族的，在汉代也没有普及。汉代初年的婚姻是比较自由的。

今波：这就奇怪了，卓王孙反对的最根本原因到底是什么呢？

许结：司马相如太穷。

今波：噢，门不当，户不对。

许结：他当时"家贫，无以自业"。汉代特别讲究财产，一定要有财产。你看司马相如连混饭吃都混不到了，女儿给了他怎么办？所以卓王孙恼火。你再想想卓王孙是什么人。

今波：咱们前面讲过，这卓王孙家是开铁矿和"炼铁厂"的，很富裕。

许结：《史记·货殖列传》记载，他们过去是赵国人，中原的赵国人。发了一些财，后来秦灭六国以后，就把这些富人全部遣散，结果好多有钱人就贿赂那些官员，不想走远，所以他们这些有钱人都被送在葭萌关那个地方。

今波：那不就是《三国演义》当中张飞挑灯夜战马超的地方吗？

许结：对，就是那个地方。那个地方土地贫瘠。结果卓王孙家里就比较有远见。

今波：怎么讲？

许结：过去他们就是开了一些铁矿发财的。卓家就看葭萌关这个地方没有什么资源，然后他就要求把他们送得更远一些，结果一下子送到了临邛这个地方。

今波：到这个地方有什么好处？

许结：这个地方资源丰富，有铁矿，有火井，就是天然气。所以他就利用天然气来煮盐，特别是利用廉价的劳动力跑运输，一下发了财。他们财产多了以后，在当地叫"拟于人君"，就像土皇帝一样的，这样的人家他愿意把女儿给一个没有生计的人吗？

今波：不可能。当时也讲门当户对，所谓富门大户"相与为婚姻"，就是说只有富人和富人之间才通婚。你看当年刘邦时期的一代名臣陈平，他少年的时候家境贫寒，求婚富户，人家都不理他的。相如你这算什么，你这个穷小子，无非也就跟县太爷的关系好一点而已。是不是卓王孙认为我这笔生意做得太不划算了？

许结：太亏太亏。但是相如跟卓文君的婚姻他卓王孙也沾一个光，当时人家劝卓王孙算了，人才难得。这又是什么原因呢？当时西汉的时候婚姻重相貌，貌美也是一个重要的原因。

今波：相貌这一点上面这司马相如那可是顶呱呱的。

许结：所以相如和文君在相貌上般配是他们的一个优势。实际上在当时，这种婚姻还是不错的。

今波：所以后来卓王孙听人讲讲，气稍微消减一点。

许结：可卓王孙毕竟是掌握着经济大权的，他有钱。你不原谅这小两口，他们吃什么？

今波：而且卓文君应该是个娇娇女，过不惯这种苦日子。

许结：卓王孙还是赌气，就是不分钱给她。卓文君她吃不了这个苦，而司马相如又不想让老婆吃苦，最后没办法，想来想去，只好回到临邛老家去了。

才子端酒　美人当垆

今波：回到临邛老家他也不可能到卓王孙府上去，那
　　　他们该怎么养活自己呢？

许结：在街上开一个酒店。司马相如一代才子，穿的
　　　"犊鼻裤"，就是三尺布往身上一扎，有点像我
　　　们现在的围腰。有人说就是没有裆的裤衩。

今波：开裆裤。整一个店小二。

许结：像店小二一样，里里外外端酒、跑堂，卓文君当
　　　垆卖酒。你看，貌美的卓文君，首富的女儿当
　　　垆卖酒。

今波：可能还当街吆喝呢。

许结：还连洗碗带刷盆。

今波：又有美女促销，又有名人坐镇，这还得了？卓
　　　家是当地的首富，卓文君又是有名的美女，平
　　　常人想多看一眼都看不到。现在可好了，人人
　　　都说了，首富的闺女和女婿在卖酒了。生意应
　　　该很好啊？

许结：我想应该不错。

今波：但有一个问题，为什么他们两口子要到临邛来卖酒，而不在更加繁华热闹的成都卖？

许结：有几种猜测。一种猜测，小两口实在穷得无奈了，就跑到老丈人门前卖酒，你是不是可怜可怜我啊？这是第一种猜测。第二种猜测，司马相如讲，既然老丈人不认我，我就将你的军，出你的丑。果然，最后达到目的了——卓王孙听到这个事，闭门不敢见人。多丢人，女儿女婿卖酒，这么有地位的人卖酒。

今波：家门耻辱啊！

许结：还有一种猜测更妙了，那就叫做现代行为艺术。

今波：这卖酒还有什么行为艺术？

许结：帅哥靓妹，风流倜傥，在外面卖酒，当街吆喝，还穿没有裆的裤子。

今波：穿着他们最不该穿的衣服，不合适的衣服，放下了才子佳人的架子，吆喝卖酒，何等风流，何等倜傥。

许结：不过他们这样做，不管目的是什么，最后的结果肯定把卓王孙气得够呛。卓王孙狼狈啊，把门关起来不见人。但总不能老关着，没办法，家里人一起来劝他，说司马相如人才不错，长得也好，你女儿跟了他还是不错的。左动员右动员，卓王孙想他也没有办法解决当前这个矛

盾,不能老让女儿站在大街上吆喝卖酒啊,所以也就妥协了。于是开始想按正常的情况,陪嫁吧,就给了"僮百人",就是佣人百人,"钱百万",给了他。

今波:钱百万那可不少。

许结:对。当时一斤米也就一文钱左右,一斤肉也就几个钱而已,百万钱足够过上小康以上的生活了。

今波:除了这些还有吗?

许结:还给了大量的衣物。这下相如满意了,就又带着文君回到成都去了,从此以后置家业成了富人了。

今波:这夫妻俩也挺识相。这不现在咱有钱了,这样吧,我们既然能过上好日子了,我也就不再给老爹您丢脸了,我们回成都过日子去。我看司马相如算是历史上卖酒发财致富最快的人了。可是后世是如何看待司马相如和卓文君的这一段故事的?

许结:后来很多人就像卓王孙一样的看法,觉得这事好丢人,怎么能这样做?比如明代一个学者,叫朱荃宰。他编了一本《文通》,里头就讲,整个《史记》里面记载的故事,是司马相如自己的自述,自己留下来的。他就说,你看这种人,干了这些事,还自己把它记录下来,自传人家都

【肆】浪漫好姻缘

写好的,窃妻,就是偷妻子的事都写下来,这个人好龌龊,骂得很厉害。

今波: 那么有没有人欣赏这样的故事?

许结: 欣赏的更多了,文人戏剧家个个都欣赏。我举些例子,比如宋代的赵鼎臣,他写了一首诗叫《读史戏作》,其中有这么两句话,"潜有知音人,独会求凰意"。后世知音的人都能理解司马相如为什么要求凰。这是人的感情,你不要扼杀它,他们都重视二人的感情,所以就不顾忌什么贫穷和礼教了。

今波: 不管是丑话也好,佳话也好,各位自然有自己的见解。不过卓文君卖酒这段故事,在两千多年以后对当地的经济发展还作出了很大贡献。现在卓文君的老家不叫临邛了,叫邛崃,现在还有文君酒和文君井。

许结: 四川邛崃有很多司马相如和文君的美好传说,其中有一个就是当垆卖酒。他们这一段故事使邛崃市被称为"浪漫之都"。"浪漫之都"有一口传说中的文君井。

今波: 这口井是卓文君当年酿酒的那口井吗?

许结: 这个是传说纷纷了。有人说当时卓文君在这里舀水起来,甘美无比,所以就用这水来造酒。后来又有很多人考证,说井的一些建材,一些陶瓷和砖,还真是秦汉旧物,后代诗人倒是默认了。

今波：南宋的陆游曾经到四川来做官，到了临邛这个
地方，他写了一首诗叫做《游文君井》。

许结：1957 年，邛崃县政府重修了文君井公园，当时
郭沫若也写下了一篇《题文君井》。开头一段
上来就是"文君当垆时，相如涤器处"。不光是
卖酒，还有司马相如洗盘子的地方。从考古的
角度来说，不能确认那就是当初他们两个人用
的那口井，但是似乎大家就特别愿意相信。

今波：传说总是美好的。

千古品牌文君酒

今波：那么这个文君酒又是怎么回事？

许结：历史悠久，至少在唐代就有了。唐代初年有一个大臣叫李百药，他写了一首诗叫《少年行》，有两句话"始酌文君酒，新吹弄玉箫"。你看，他就开始喝文君酒了。文君酒在唐代初年的时候就是皇宫里面的贡酒了。

今波：卓文君那也是历史名人，那文君酒肯定就是名牌了。

许结：对，宫廷宴会的上品。所以到现在邛崃市还有文君酒厂，它的品牌酒就是文君酒。

今波：没想到卓文君、司马相如没卖几天酒，可是经济效益却很长远。卓王孙要是地下有知，也该为他这个宝贝女儿自豪了。相如得了卓王孙的"钱百万"回成都当了富人，和卓文君过了几年舒坦日子，可是，一件非常偶然的事却改变了他的命运，结束了他无忧无虑的富人生活。到底发生了什么？

司马相如安居成都的时候，朝廷又发生了一件大事。公元前140年，汉景帝驾崩，胶东王刘彻继承皇位，这就是历史上著名的汉武大帝。刘彻登基时才十六岁，司马相如没有想到，少年天子登上皇位，自己的命运也随之发生了巨大的变化。欲知后事如何，且看下一篇《大汉天子我知音》。

【伍】 大汉天子我知音

话说汉武大帝十六岁即位,少年天子,雄才大略,文采风流。有一天,他读到一篇文章,写古时候齐楚诸侯王狩猎时的情景,怎一个华丽了得。汉武帝虽然贵为天子,在梦中也不曾见到过这样的景象。看完之后拍案而起,好文章啊,我要是能和这个作者活在一个时代那多好,想到这儿,脸上不由得露出几分惆怅来。这话刚完,就有人站了出来,谁呀? 一个小官,叫杨得意,他说,陛下,小臣知道此人是谁,他就是臣的老乡,司马相如。

大汉天子大汉赋

今波：杨得意他看来和司马相如同乡，是四川人，他
　　　当时的官职是什么？

许结：他这个官职很有意思，叫狗监。就是给皇帝管
　　　猎犬的。

今波：这个官很小，跟孙悟空的那个弼马温的官职差
　　　不多。您看，当这么小的官，人家还是叫得意。
　　　这杨得意此时挺得意的。

许结：这里还有一个巧合。后代文人很羡慕司马相
　　　如，比如王勃，在他的《滕王阁序》里面讲，"杨
　　　意不逢，抚凌云而自惜"，就写的是，司马相如
　　　如果不是遇上这个狗监杨得意，他一生哪有这
　　　样的好事，哪能见到汉武帝呢？

今波：有意思的是，司马相如小时候贱名为"犬子"，
　　　也就是狗子，结果大了以后，承蒙一位狗监推
　　　荐，才得以发达。他真是和狗有缘啊！

许结：这个杨得意一推荐，汉武帝大高兴，就给他下
　　　诏进京。

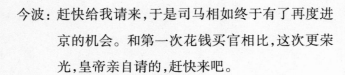

今波：赶快给我请来，于是司马相如终于有了再度进
京的机会。和第一次花钱买官相比，这次更荣
光，皇帝亲自请的，赶快来吧。

许结：这里出了一点事。《西京杂记》里面记载了一
件事情，说司马相如消渴疾发得很厉害。

今波：糖尿病。

许结：再加上又好文君美色，所以自己也无可奈何，
身体实在不好。病成这个样子怎么行？就写
了一篇《美人赋》，警戒自己不能好色伤身。

今波：《西京杂记》的记载可靠吗？

许结：不太可靠。相传这书是汉代刘歆写的，也有个
说法是晋代葛洪写的，主要记载汉代一些杂
史，趣事。

今波：可不可以说，它就像我们现在娱乐界八卦杂志
那种感觉？

许结：对，小说一样的东西。但是它也有一些事情跟
正史记载有些类似，所以好多人又认为有一定
的可靠性。

今波：相信也好，不相信也好，司马相如到底是马上
就去了长安，还是隔了很长时间才去？

许结：还是马上就去了。诏书一下星夜兼程，可见还
是没有多大病。当年拐走卓文君的时候，他也
是星夜逃回成都。看来虽然他经常体弱多病，
关键时刻还是跑得挺快的。

今波：他跑到京城，见到了少年意气风发的汉武帝之后，汉武帝怎么说？

许结：汉武帝说，哎呀，相如啊，你的赋写得太好了，太美了。相如说，不怎么样，陛下，不怎么样。

今波：还谦虚呢。

许结：他说那是写诸侯的事，我要为圣上献一篇《天子游猎赋》。

今波：这个文章你认为会写得比以前的更好？

许结：武帝说，那好啊，赶快叫尚书拿笔札来给你写。

今波：就看相如铺开宣纸，拿起羊毫，蘸满墨汁，下笔如飞……

许结：不对不对，那个时候还没有。蔡侯造纸是在东汉，离司马相如有两百多年。

今波：没有纸，那应该是竹简，或者其他什么丝、绢之类的。

许结：据考证，当时也有纸了，但是，肯定不普及。所以这个所谓的笔札，就是指小竹简、小木简。

今波：相如铺开木简，拿起狼毫，蘸满墨汁，下笔如飞，很快一篇文章……

许结：不行不行，赋是非常讲学问的，没那么快。还有一个问题，这些文人都是所谓的待诏献赋，就是等待皇帝的诏文，你再慢慢地写，写好以后，再献给皇帝，所以要写很长很长时间。

今波：对，这就不像写诗那么简单，现场几下子一挥

而就，一气呵成。

许结：这个不行。据说，司马相如写《天子游猎赋》，写着写着，有时候忽然就睡着了，有时候忽然又惊醒了，结果写了几百天，才写好。

今波：几百天啊？

许结：还不算慢的，还有更慢的。

今波：还有更慢的？

许结：比如东汉的张衡写了篇《二京赋》，前前后后写了十年。

今波：这是不是有点太夸张了？

许结：这赋体是不好写，它是《诗经》和《楚辞》之后的一种新兴的文体。过去有所谓诗言志，到了楚辞铺陈描写，可是到了汉赋，那就要复杂得多。

今波：您能不能给我们说一下赋本身的一些基本特征。

许结：汉赋是到汉武帝的时候基本形成，可以说是中国文学史上最早的面向外部世界进行全方位描绘的一种文体。它有几个特点，一个特点，它打破了过去诗歌的那种纯韵文形式，它是韵散结合的语言形式；第二个特点，它接受了战国诸子和纵横说客的说辞那种主客问答的形式。

今波：这说起来也是访谈节目类型的。

许结：对，有些这个样子。但是还有第三个特点，是

赋者风流·司马相如

修辞方面的特征,铺陈描绘,大量的词语典故在里面。

今波:当时我在学校里学汉赋的时候,有一种很笼统的印象,这汉赋好像怎么能吹得漂亮,怎么能吹得华美就怎么来的感觉。我不知道这种观念对不对?

许结:应该是有一定的道理,歌颂它的人讲汉赋是"体国经野,意尚光大",批评它的人讲是"笨拙的恐龙"。

今波:和诗歌以及楚辞离骚等文体相比起来,赋有什么不同?

许结:诗比较重情,赋比较重物;诗比较重才,赋更重学;诗重的是一种神韵,赋重的是一种结构;诗重的是一种意境美,赋重的更是一种博大美、气势美。

今波:从整体到细节都马虎不得,而且动不动就很长,动不动就洋洋几千言。这样的文章,怪不得相如要琢磨那么久。要换一般人,琢磨一辈子也不知道能不能琢磨出来呢。

许结:司马相如正是汉大赋的奠定者。据说有一个叫盛览的人问他作赋的方法,司马相如说,重在"赋迹"和"赋心"。"一经一纬,一宫一商",这就是"赋迹"。什么叫"一经一纬"呢,就像织布一样的,图案交错,"一宫一商",就是音乐

的高低,旋律和谐,是这样的。

今波：可不可以这样说,一篇赋就是一个文化精品工程?

许结：对,有道理。这就是相如所讲的,"赋家之心,包括宇宙,总揽人物",你想,赋家的心胸要多宽阔! 什么叫宇宙? 上下四方谓之宇,往来古今谓之宙。不仅包容整个世界,还要所有的事物、人事全部包容在里面,要这样的心胸才能作赋。

君臣文缘

今波：是不是只有像赋这样的文体，才能够反映出当时大汉帝国的那种强盛和繁荣？

许结：很有道理的。汉武帝的时候大汉进入了一个波澜壮阔的时代，而汉武帝又特别有作为，你看在政治上建立了中官制度，跟外官配合起来形成了一种格局；对皇亲国戚用一种推恩之法，把藩国削掉，加强了中央集权；对外抗击匈奴，前后打了几十仗。

今波：汉武时期就有卫青、李广、霍去病这样的抗匈名将。这其中霍去病一生从无败绩，结果，"胡人不敢南下而牧马"。

许结：对，"秦时明月汉时关，万里长征人未还。但使龙城飞将在，不教胡马度阴山"。但是，你要注意，汉武帝不仅是一个好武的人，也是一个好文的人，所以他对文非常重视，进行了一系列的文化改革。比如，崇礼官，"罢黜百家，独尊儒术"，建立乐府，他就要创建一个新的时代的

文化。正因为这样,他对赋体才特别感兴趣,司马相如才成为他的知音。

今波:高品位的天子知音。

许结:不仅是他提倡这个文体,他自己也在实践,他也写了诗,写了赋。可以说没有汉武帝就不可能有汉赋的繁荣。

今波:有这样的知音,司马相如那可真是如鱼得水。当然,他也不能马虎。这卓文君成天看到他是摇头晃脑,嘴里面念念有词,还不时一惊一乍地大叫,这个时候我觉得她应该非常担心吧?

许结:是的。过了一段时间,卓文君看到相如在那里踌躇满志了,非常愉快,文章写成了。

今波:这下轻松了。那么花了这么多心血写出来的文章,汉武帝看了,感觉怎么样?

许结:献上去一看,天子大悦。

今波:非常高兴。

许结:马上下诏,立即给他做了郎官。不久,汉武帝又立乐府,李延年为协律都尉,司马相如他们又在里面献诗赋,所以就算真正加入到宫廷文人的行列,司马相如的文学宫廷生活也就开始了。

今波:写了几百天,得到这样的结果,那还是很划算的。那么,您来说说为什么这篇赋汉武帝能那么喜欢?

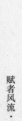

许结：刚才讲了，这篇赋既是修辞美又有夸张美，还有结构美、气势美，一下打动了汉武帝。内容也特别好，他虚构了三个人物，一个叫子虚，他大谈楚国的云梦之泽；一个叫"乌有"，齐国的使臣，大谈东海之滨怎么雄壮，第三个出来了……

今波：谁？

许结：亡是公，他代表天子的声音。他说，你们那个云梦太小了，东海之滨算什么，你们看一看我天子的上林。这一番铺陈，深得汉武帝的喜好。这里还传达出一个重要的意思，就是汉天子的文化笼罩了整个邦国，这是大一统的反映。

今波：是啊，你们诸侯算什么？你们应该臣服。这种感觉给写出来了。

许结：但是，他写天子那么好，游猎怎么样，他这赋毕竟还有一个"曲终奏雅"，就是在末尾还要讽谏。天子啊，你游猎的时候还要记得关心国计民生。但是这种"曲终奏雅"就是一个尾巴，汉武帝看到前面那么美，这后面就不注意了。所以看了之后就高兴得不得了，完全沉浸在帝国的繁盛之中。

今波：司马相如也是，你让天子不要沉迷于畋猎，可是你又把畋猎写得那么好干什么呢？当然天

子就会沉浸进去了。

许结：汉武帝少年天子，还太好玩了。司马光的《资治通鉴》里面记载了汉武帝少年时期的两则故事。

今波：您给讲讲。

许结：一则就是有一次，他带着一帮随从，白天打猎不过瘾，要夜猎。这个夜猎很有意思，很刺激。夜猎过后，他又把随从扔掉，自己一个人在庄稼地里拼命跑。这一跑，把人家庄稼踏坏了。少年汉武帝不知道同情百姓，不知道"谁知盘中餐，粒粒皆辛苦"，所以后来农民一起围来了，不让他走。最后好容易来了人，过后找出了他的身份证件，才把他放走了。

今波：他当时把皇家身份证件拿出来一亮，估计哗啦啦跪倒一大片了。

许结：因为他们经常是微服出行，微服游猎。有一次，又是微服出行，游猎去了，玩去了，汉武帝把大家又丢开了。

今波：又把随从甩了，变独行侠了。

许结：到了一个叫柏谷的地方，又饥又渴。就跑到一家店里去了，找了个店主人，说有没有米酒给我来一点喝喝，身上好像也是狼狈不堪了。结果那个主人毫不客气，看半夜来一个好像很不正常的人，就说没有酒，只有小便。这样侮辱

他,结果还可能把武帝当做是盗贼,就把庄子里邻近的人喊来,一起围着要揍他。

今波:那可别揍,揍了你们自己还有命吗? 当然了,可能最后也是直到掏出身份证件,然后人家才把他放了,不放也不行。

许结:这样的皇帝叫人担心不担心? 所以司马相如有一次陪汉武帝到长杨打猎,看他自搏猛兽,自己跟野兽斗,和什么熊、野猪斗,就上了篇《谏猎疏》。就叫他,一方面,不要过分地游猎,一方面,一定要关心国计民生。

今波:能用这篇小小的文章就改掉汉武帝的这一习惯吗?

相如的文学地位

许结：这也就是文人的悲剧，尤其是赋家的悲剧。所以司马相如写的赋最后不仅没有规劝好汉武帝，反而劝得他更喜爱这些东西了。

今波：政治效果确实不太好。当然了，司马相如这些文章的文学地位可真是很高的，那都是汉赋的代表作。

许结：鲁迅就讲过，司马相如的文章叫做"不师故辙，自摅妙才"，不仿效别人。他对汉赋有创建之功，而且他的创作就变成一种典范，后代就模仿他，所以才形成了这样一种赋体。这就是他叫赋圣的原因。司马相如应该说是个幸福的人，唐初的时候，有人写《祭司马相如文》，其中有这么两句，"弹琴而感文君，颂赋而惊汉主"，弹琴得到一生的爱情，献赋得到一生的事业。

今波：对，爱情事业双丰收，司马相如应该非常满意了吧？

许结：应该说还是不得意，任何文人都有很大的政治

赋者风流·司马相如

抱负,司马相如跟汉武帝的交往也不是名君良相,汉武帝始终把他当做一个文学弄臣吧。

今波:那么他能不能有另外一番作为呢?

　　司马相如是个有政治理想的人,二十岁的时候他第一次来长安就有"不乘高车驷马"就不回家的誓言,现在人到中年了,他终于离天子是那么的近,却只是成天献赋取乐,他实在不甘心哪。有一天,这机会就来了。欲知后事如何,且看下一篇《平定危机建功业》。

【陆】 平定危机建功业

　　大汉元光四年,汉武帝想要开拓边疆,平定西南地区,谋取夜郎古国——这个夜郎就是成语夜郎自大那地方。他把这个任务交给了唐蒙,委任他做中郎将。这唐蒙急功近利,在巴蜀地区一下征调了两万多名民工,日夜修造从四川到昆明的"石门道",拿现在的话说,就是高速公路。当地一些少数民族首领不听话,唐蒙就抬出战时军事法令连杀多人。这下巴蜀民心惶惶,谣言四起,眼看一场大规模的民变就要发生了。

衣锦还乡

今波：您瞧这民变就要发生了，汉武帝该怎么办呢？

许结：真是所谓云贵未平，巴蜀先乱，这个事情非常
　　　糟糕。这下唐蒙就束手无策了，也震惊了朝
　　　廷。汉武帝想，怎么办？派谁去呢？怎么来收
　　　拾这个残局？想来想去，这个任务就落到了司
　　　马相如的身上。

今波：派司马相如去，怎么做？

许结：武帝的意思很清楚，叫司马相如去安抚当地的
　　　民心。这件事情都是唐蒙做得不好，不是我刘
　　　彻的意思。

今波：这么重要的使命，武帝为什么不派朝中大臣、
　　　重臣过去，反而派司马相如去？要知道司马相
　　　如那个时候只是他身边的一个小小的文学
　　　侍从。

许结：我想有两重原因。一个我前面讲过，汉武帝建
　　　立了一个中朝官制度，司马相如虽然是个郎
　　　官，但是属于中官，是汉武帝身边的人，这些人

出去最可靠,他们只对皇帝负责;第二个原因,司马相如是四川人,而且还有卓王孙这样一批有地位有钱财的人,有这些关系户,所以说,他去是最恰当不过的了。

今波:老家和媳妇的娘家都在那儿,那儿人脉关系熟,对不对?那么这件事情对司马相如来说,是机遇,也是挑战。因为写文章那是他的专长,太轻松了,可是处理政治危机,他根本就没什么经验,能行吗?

许结:司马相如还是以他的文采来行政治,很有意思。到了巴蜀,就是民变发生的地方,他首先就写了一篇文章,檄文,名为《与巴蜀檄文》,就告诉巴蜀的民众,这件事都怪唐蒙,不是皇帝的意思。当然,司马相如又很能揣摩汉武帝的意思,斥责唐蒙是假,目的还是要平了民愤以后继续打通西南的道路。

今波:路还要继续修下去,西南还是要继续平定、开发。

许结:所以他平定了民心,回朝以后,就跟汉武帝说,现在道路基本已经打通了,接下来我们要考虑怎么来进一步开发这个大西南了。

今波:他不光是把这事给平息了,还提出了另外的高见来。

许结:因为汉武帝当时也是举棋未定,朝臣人心动荡。

今波：对于到底要不要征服西南，持不同意见。

许结：司马相如就提出了很重要的两条意见。

今波：哪两条？

许结：第一条意见，他就跟武帝讲，千万不要武力平定西南。

今波：要和平解决。

许结：和平通商是最好的选择。他说西南那个地方跟巴蜀已经有很多贸易了，而且他们非常向往汉天子，因为跟汉天子和汉人打交道，他们能够得到很好的收益，所以这一点是很明显的。第二点，司马相如就建议，在西南那个地方设立郡县，直接由朝廷来管辖。

今波：高，不愧是西南人，懂得当地人的心理。知己知彼，兵不血刃，就可以达到目的，何必要武力征服呢？

许结：武帝听了以后确实也非常高兴，第二年就设置了夜郎郡。不要打了，管你自大不自大，我先管着你就行了。另外，也特别委派司马相如第二次出使西南，这一次，他的身份就不一样了，中郎将，而且"建节往使"。

今波：这个"建节往使"是什么意思？

许结：节就是符节，建节就是执持着符节。过去的使者出行都要有一个，就像身份证一样的，怕冒

牌货。当时,相如是带着皇帝的符节去的。他是正使,给他配了三个副使,他坐的是四匹马拉的车子。

今波:不得了,一个使团。这个时候我们想起来,相如当初的梦想是要高车驷马,这理想就达到了。还有一点,他可是衣锦还乡,当地的那些老乡们对他是一种什么样的态度?

许结:他这一行人浩浩荡荡进入巴蜀的时候,太守率众官员到城郊去迎接,县令负弩矢前行。

今波:身上背着弓和箭在前面。

许结:汉代的制度,一般情况下,亭长陪就可以了。高官来了,比较重要的使节来了,亭长背弩,县令背箭。这里他县令一个人背弩矢,弓和箭都他一个人背了,这个待遇极高。所以后来很多人都批评司马相如小人得志,摆谱。

今波:这个我觉得似乎也不能怪司马相如,可能这是当地人自愿的,对不对? 他是当地名人,著名的大才子,文化偶像,就连他失业吃不上饭的时候,那王县令王吉还给他管吃管住的,对不对? 求他见面都懒得见,那派头多大。何况现在他是武帝身边的红人,这可不得了了。在这儿我们还要提一个特别人物,那就是司马相如的老丈人,卓王孙,他什么表现?

许结:这个卓王孙是最具有戏剧性的。

今波：怎么呢？

许结：一听宝贝女婿代驾而来，中郎将，持节往使，所以就跟当地的官员，那些富户，纷纷赶到司马相如下塌的地方，献牛酒交欢。

今波：牛酒？

许结：牛酒就是牛和酒。古代馈赠、宴享、祭祀都喜欢用牛酒，牛酒交欢就是送大礼巴结他。

今波：这个规格可是很高的。

许结：主要表尊敬之意。

今波：但是，怎么感觉就是一副兴冲冲赶着拍马屁的样子？

许结：不只这样，卓王孙对当年司马相如琴挑卓文君有了颠覆性的看法。

今波：有了全新的认识。

许结：他说，好懊悔，当时我怎么那么迟才把女儿嫁给他？他回家想想，现在这么个大人才，于是开始重新划分财产，给女儿女婿的，要跟给儿子的一样多，又划了一大批财产给了司马相如。

今波：不过司马相如除了回老家显摆一番，还有正事要干，他正事干得怎么样？

名篇名言

许结：很认真，做得真是不错，做了很多事。但是也
　　　遇到了麻烦——原本要继续修通道路的，可当
　　　地人说，得不偿失，花钱太多，有多大用处呢？
　　　这就又引起朝廷里一些朝臣的非议。武帝又
　　　犹豫不决了，到底花不花精力开通西南？好，
　　　这时候，司马相如又发挥他的专长，发挥舆论
　　　的作用，写了一篇《难蜀父老》。

今波：这篇文章在文学史上，那可是政论文当中的
　　　名作。

许结：这里面也采用了提问、回答这么样的一种辩论
　　　方式，而且辩论得非常激烈、精彩。相如在开
　　　篇的时候就假托了"耆老大夫"和"缙绅先生"
　　　等二十七个人跟这个使者来进行论辩。首先
　　　是他们责问使者，你开夜郎已经开了三年了，
　　　有多大的成果，浪费多大？你现在又要开西
　　　南，有什么用？

今波：劳民伤财。

许结：所以，开始的时候就把话语权给了对方。

今波：那么，接下来就要看与对方的辩论了。

许结：结果最精彩的应该在驳论当中，司马相如就假托使者之口，开始对他们一一反驳。他说了很多道理，比如，巴蜀人要有眼光，要是当年不在这里实行教育，不开通巴蜀的道路，有今天的文明吗？他又讲，作为一个有作为的君王，不能猥琐龌龊，六合之内、八方之外缺少文明都是我们的耻辱。

今波：慷慨陈词，有点激将法的意思。

许结：何况西南的人民向往天子就像久旱盼望甘霖那样。这下子一讲，不仅对当地的人民起了一种促进作用，而且又合上了汉武帝的心。

今波：我觉得司马相如掌握汉武帝的心理掌握得实在太好了，这就说到了心坎上去了。大家盼您，就像久旱盼雨。这种话说出来，武帝心里面也像淋雨一样舒服。

许结：在文章当中他有很多精彩的言论。举一个例子，比如他讲了这么一句话，我觉得非常了不起。他说，"盖世必有非常之人，然后有非常之事；有非常之事，然后有非常之功"。这两句，第一句好像写的就是汉武大帝的为人，第二句仿佛写的就是汉武大帝所做的事情。

今波：这话有点熟。《汉书》里面汉武帝有封诏书里就用了这句话，"有非常之功，必待非常之人"，这跟司马相如的描述是差不多的。

许结：这个地方有一点可以推敲了。司马相如在这篇文章中开头就讲，"汉兴七十有八载"，如果我们按时间推一下，就是武帝元光六年，公元前129年。那你刚才讲的汉武帝那个诏书是什么时候呢？那是武帝元封五年，公元前106年，跟司马相如写这篇文章足足隔了二十三年之久。可见相如对他影响之大。

今波：您看，二十三年过去了，那是什么概念，可以说一辈子念念不忘。所以有人说，武帝是司马相如的铁杆粉丝，这话好像没错。

许结：回过头来看，司马相如在巴蜀在西南确实为武帝做了好事，他在当时，不仅用怀柔的政策，使民心大定，而且他修了很多道路。修零关道，架孙水桥，云南贵州这边就是司马相如开的道路。

今波：如果放在现在，人人都知道，要想富先修路。在那个时候还没有这说法，可是司马相如早早地已经开始利用他的文章来说服人们形成这种理念。

许结：所以这个消息传到长安，武帝大为高兴。

今波：有了这样的政治资本，那该再升官了吧？

许结：没有，什么官也没升，免职。

赋者风流·司马相如

今波：等等,这怎么搞的,这不是很好的事情吗,怎么
　　　会免职?

许结：有人上书朝廷,说司马相如在西南出使期间
　　　受贿。

今波：出经济问题了。

许结：史书里面是这样讲的:"人有上书言相如使时
　　　受金。失官。"

今波：这是被诬告了,还是真有其事?

许结：后代文学作品中间说这都是诬告。

今波：您想想多冤,我司马相如在西南蛮荒之地那样
　　　为你汉武帝打拼,结果到头来,好处也没落着,
　　　一封检举信就把我给免职处理了。不过我觉
　　　得历史上司马相如好像也有受贿的可能性。
　　　你说,写一篇《长门赋》收了阿娇一百斤黄金。
　　　就算这只是个传说,好像娶卓文君硬拐卓文君
　　　走,也有人说他有贪图卓家钱财的嫌疑,所以
　　　人们就怀疑他这人有贪财的本性。

许结：不但如此,我觉得有三个原因可以支撑他确实
　　　是受贿的。

今波：就是他不是被诬告的。

许结：应该是。

相如的政治见解

今波：您说说。

许结：比如，你想想看，首先相如是皇帝身边的宠臣，亲自派来了，又立了那么大功，仅仅一封检举信就能免官吗？没有调查核实就能免官吗？

今波：是啊，哪那么容易！

许结：第二点，你看他到巴蜀以后，那种派头，那么多人送牛酒交欢，已经有受贿的嫌疑了。

今波：对。最起码是接受人家的宴请。

许结：刚才你讲了，第三点，修路，修路耗资不得了，要致富先修路，修路资金投入那么多，在里头吃回扣很可能。

今波：因为经济上面不太干净，司马相如在西南的工作就没能做到善始善终，这也是人生的一大遗憾。

许结：对。

今波：更遗憾的是，他好不容易才有机会施展自己的政治才能，现在稍纵即逝。

许结：是比较亏，因为司马相如不仅有文学才能，在政治上也确实有见解，比如就在《天子游猎赋》里面，他说，要"游乎六艺之圃，驰骛乎仁义之涂"，完全是儒家治国的一种思想，一种理念。

游乎六艺之圃，驰骛乎仁义之涂。

——司马相如《天子游猎赋》

在六经中陶冶情操，在仁义的大道上行进。

许结：他讲的所谓六艺就是儒家的六经，《诗》、《书》、《礼》、《乐》、《易》、《春秋》。

今波：他的理念和董仲舒的"罢黜百家，独尊儒术"差不多时候吧？

许结：还要早，而且司马相如对武帝的影响应该是很大的。后来历代学者总是把司马相如归为御用文人，就忽略了他在政治上的这些思想和见解。

今波：怪就怪司马相如的官运不太好，眼睁睁地看着刚上去又下来了。不过，没官做了，这日子还得过，他接下来的生活怎么样呢？

　　司马相如丢了官，带着卓文君隐居到长安西郊的小县城茂陵。他虽然政治失意，情绪低落，但靠着卓家给的财产，这小日子还是过得浪宽裕。可是不久，司马相如用着老婆的钱，心里却打起了小算盘，他爱上了另外一位美女。欲知后事如何，且看下一篇《相如的婚外恋》。

【柒】 相如的婚外恋

　　司马相如仕途上不得意,带着
卓文君隐居到长安西郊的小县城
茂陵。在这里,司马相如遇到了一
个年轻貌美的女孩。她真是绝色
佳丽,含情脉脉看你一眼,可以让
人从头酥到脚,轻飘飘像在云雾
里。相如不由得坠入了爱河,偏偏
这个美女也爱相如,司马相如大
喜,要娶她做小老婆。可是卓文君
知道了这件事,她会怎么处理呢?

两段婚外恋

今波：这个茂陵美女和卓文君相比，谁更美一点？

许结：都是绝色佳人，超级美女，否则司马相如也看
　　　不上。

今波：那是。

许结：但是卓文君有她的优势，卓文君既是美女又是
　　　才女，才华好，气质好，所以是一般人心目中的
　　　佳偶。

今波：所谓才貌双全。

许结：但是她也有劣势。

今波：什么？

许结：司马相如看上茂陵女的时候已经年近五十了，
　　　卓文君也进入中年了，所以在年龄上一比，她
　　　显然比那个茂陵女没有了任何优势了。

今波：现在不少影视剧当中有这类情节，老公在外面
　　　包一个年轻漂亮的二奶，原配夫人也就是一哭
　　　二闹三上吊。总之把这事搞搞大，就是不离
　　　婚，不如你的愿。你想跟那小狐狸精逍遥去，

门都没有。卓文君怎么处理这件事?

许结:卓文君也有危机感,但是她很有志气,她没有像一般人那样处理,而是奋笔疾书,写下了一首《白头吟》。她要跟这个薄情人断绝关系。

今波:《白头吟》这首诗在文坛上也很出名,咱们一起来看一看。

皑如山上雪,皎如云中月。闻君有两意,故来相诀绝。……愿得一心人,白首不相离。

——《白头吟》

我像雪一样洁白,像月一样明亮,来不得半点的尘渣来污染。你相如既然心生二意,那我们就彻底分手吧!……我总能找到一个真心人,和我白头到老的!

许结:据说在这首诗的后面,卓文君还附了一封信。在信里讲当年的琴声在耳畔回响,你这个人怎么就以新代故了呢?怎么就沉湎于女色而不觉悟呢?真是悲哀!所以我在这里做《白头吟》,是伤心到了极点。我也非常伤心我们这样的分离,但是又有什么办法呢?你好自为之吧,你也就别牵挂我了。"锦水汤汤,与君长诀"。

今波：你要走就走好了，你不用惦记我，没你，我过得
　　　更好。这种态度在历代弃妇当中都是罕见的。
　　　老婆这么有骨气，要跟你离了，那相如这个时
　　　候怎么样？

许结：这首诗力度太大了，打动了相如。据说相如就
　　　写了一封回信给卓文君，这就收在后来司马相
　　　如的集子里面，叫《报卓文君书》。

今波：这封信里面是怎么写的？

许结：司马相如在这封信里深刻检讨自己的错误。
　　　他说，"五味虽甘"、"五色虽灿"，我也不再敢
　　　看了，我也不再馋了。我读到你的《白头吟》以
　　　后，想想还是回头是岸。

今波：这封信当中说的"五味"、"五色"，这还是指像
　　　茂陵美女这样年轻美丽的女子。司马相如还
　　　是承认这些年轻美色好，当然了，也表态自己
　　　不敢再贪恋了。可是我觉得他这种改过的思
　　　想好像不够彻底。

许结：思想是不够彻底，但是行为倒是算改了。所以
　　　清代一个叫吴伟业的诗人写了一首诗，诗是这
　　　样写的："茂陵芳草惜罗裙，青鸟殷勤日暮云。
　　　从此相如羞薄倖，锦衾长守卓文君。"前两句写
　　　了茂陵女的美色，后两句写读了《白头吟》以后
　　　这种忏悔之情。

今波：不过这首诗我觉得写得稍微有点暧昧。其实

虽然司马相如最后还是选择和文君长相守,这心里面怎么还是忘不了这茂陵美女,看到青草都能联想到她的绿裙子,这是已婚男人的悲哀。他所说的这种三角恋爱或者是婚外情是真的吗?

许结:不好说,正史无载。只有《西京杂记》里面讲,"相如将聘茂陵人女为妾,卓文君作《白头吟》以自绝,相如乃止。"后人就根据这句话加以演绎。故事越编越圆,越编越离奇,越编越精彩,还给这个茂陵女起了一个很美的名字。

今波:叫什么?

许结:丘采玉。

今波:照这样来说,不能确定,那咱们似乎也有点冤枉司马相如了,还不一定有这么回事。不过我觉得无风不起浪。如果司马相如能一直老老实实守着卓文君,那也不会有这样的传说。而且司马相如可不是第一次搞婚外恋了。民间传说,当年司马相如辞别文君赴长安任职,一去五年杳无音讯。卓文君望眼欲穿啊,结果盼到的只是丈夫的一封数字信,就是一二三四五六七八九十百千万。各位您猜猜这是什么意思?咱们得问一下教授。

许结:这是个字谜,从一到万就是没有亿。这个时候司马相如在京城做官,花了心了,也不管家里

的卓文君了。这个诗无亿，这个亿就是谐音那个情义的义，意思就是啊，无情无义了。所以卓文君悲愤难平，就又回了他一首数字诗，这首诗后来被称为"怨郎诗"。

一别之后，二地相悬，只说是三四月，又谁知五六年。七弦琴无心弹，八行书不可传，九连环从中折断，十里长亭望眼欲穿。百思想，千系念，万般无奈把郎怨。万语千言说不完，百无聊赖十依栏，重九登高看孤雁，八月中秋月圆人不圆。七月半烧香秉烛问青天，六月伏天摇扇我心寒。五月石榴如火偏遇阵阵冷雨浇花端。四月枇杷未黄我欲对镜心意乱。忽匆匆，三月桃花随水转；飘零零，二月风筝线儿断。噫，郎呀郎，巴不得下一世你为女来我为男。

许结：你看这首诗，正过来数一遍不解气，还要倒过来再数一遍。可见卓文君那真的叫气坏了。不过，我觉得写得是真好。所以你说，卓文君这个人，真了不起，不光是有美色，还有这么大的才学。这么说来，文君处理感情纠纷，非常成功。她不但有效，还给别人看到了一个美丽、贤淑，知书达理而又自立自强的女性形象。

今波：真正日子过久了，你说你司马相如还不得和一个有共同语言的人生活在一块儿吗？还要有精神交流对不对？

许结：所以我说卓文君的这种处理方法，对今天的家庭纠纷还有很大的启迪作用，就是你要提高文化修养。

今波：确实处理得好，这不服不行。可是就这个民间传说本身来讲，您认为它是真的吗？

为弃妇代言

许结：没有。

今波：也是没有。

许结：民间传说流传很广，但是只是民间传说。从诗
体来看，西汉时期的诗体基本都是"骚体诗"，
不会有这种样子的数字诗。这首诗肯定不是
卓文君时代的作品。但是后代文人根据他们
的故事加以编造，写出了这样的诗，我觉得还
是很有才华的，也给相如跟卓文君的故事添了
很多浪漫的情采。

今波：其实说到这个弃妇的苦楚，我觉得司马相如本
人应该是很了解的。他也以弃妇的角度写过
一篇文章，就是我们前面提过的《长门赋》。替
陈皇后写的，这是文学史上的名篇。和这个故
事联系起来的，还有我们大家非常熟悉的成语
叫做"金屋藏娇"。

许结：对。就是汉武帝小时候，他的姑妈长公主，指
着很多漂亮的女孩，问这个小刘彻，把这些给

你做老婆好不好？刘彻说不要，都摇头。结果长公主就把自己的女儿阿娇，陈阿娇，指给武帝说，阿娇给你做老婆好不好？那个小小的武帝就笑起来了，说如果把阿娇给我做老婆的话，我要盖个金房子给她住，就是所谓"金屋贮之"。这就是金屋藏娇的由来。

今波：但是，《大话西游》里有句话，很适合阿娇陈皇后，是紫霞说的，"我猜到了开头，却猜不中这结局"。

许结：是啊。刘彻当了太子以后，阿娇就成了太子妃，登基以后她就变成了皇后。陈皇后是长公主的女儿，娇生惯养，脾气很坏，又不生孩子，后来汉武帝就对她渐渐失去兴趣了。建元二年，汉武帝的姐姐平阳公主给武帝介绍了一个漂亮的歌伎卫子夫，汉武帝一下就被卫子夫的美貌和气质所吸引。陈皇后看到这种情况，气得要命，就找了一个叫楚服的女巫作法，诅咒卫子夫早死。后来事情被发现了，楚服及其他三百多人被杀掉，陈皇后被打入冷宫，就是长门宫。

今波：陈皇后为了挽回汉武帝的心，百斤黄金来买赋，司马相如就答应了，写了《长门赋》。之前我们也提到过。据说这篇赋打动了汉武帝，他就召回了阿娇，召回了皇后。这个挺浪漫的，

可惜咱们从前说过，这只是传说。正史当中陈皇后被废后之后就再也没有被宠幸过了。不过就算文章没有达到目的，陈皇后"百金买赋"这个事情还是算真的吧？

许结：我想很符合当事人的性格，司马相如确实是贪财。他早年是"赀选"（以经济基础为做官凭据），后来又把老丈人的钱拐了一大堆，最后到西南的时候修路又贪污，你看他有这个本性。这下有这么高的稿费，而且还是劳动所得，何乐而不为呢？这个事倒有点像。

今波：这我就笑纳吧。

许结：这也创下了稿酬的新高，后代文人一直念念不忘。大词人辛弃疾有一首词当中就写到："长门事，准拟佳期又误。蛾眉曾有人妒，千金纵买相如赋，脉脉此情谁诉？"明明是一百斤的黄金，经他这么一写涨了十倍。千金了，听起来倒更有气势了。

今波：价格虽高，有人想买还买不到。

许结：这我又要讲到一个四川的奇女子了，杨贵妃。唐明皇到中年的时候，一下钟情了杨贵妃。当时有一个南方美女在皇宫，是唐明皇的梅妃，长得很苗条。但是唐代是喜欢丰腴之美的，所以她就讲杨贵妃这个肥猪，得罪杨贵妃了。后来唐明皇宠信杨贵妃，就把她也打入冷宫。她就想，当年陈皇后还找司马相如买赋，现在她就找高力士，你到外面代我花钱，多少钱都可以，帮我买一篇像司马相如这样的赋来。她也想通过这个来打动唐玄宗。结果高力士想，这事情如果泄露出去给杨玉环知道了，那我就倒霉了，所以不干，没找。梅妃一点办法也没有，自己可怜，登高楼自伤，那真是"可怜楼上月徘徊"，形影孤单，自己做了一篇《楼东赋》。

今波：这《楼东赋》的质量可比《长门赋》差远了。看来这买稿子确实不能图便宜，不能图到最后自己来写。不过这是开个玩笑了。古人经济观念不强，所谓重义轻利，像司马相如这样靠文章去发大财，总会有人看不惯吧？

许结：有，还是大人物。

今波：谁？

许结：乾隆皇帝。乾隆皇帝写过一首诗叫《白头吟》，是这样写的，他说："相如赋长门，因之得黄金，如何卓文君，又作白头吟？"你这个相如太不像话，写了一篇《长门赋》，混了人家那么多黄金，为人家说好婚姻，自己却移情别恋，害得你夫人要写《白头吟》。

今波：你丢不丢人。

许结：后面还有一个文人，也是清代的，叫朱鹤龄，也写了一首关于卓文君的诗。有两句写得更直

白了,他说:"如何白首犹移爱,羞杀长门卖赋金。"你这个相如老了还移情别恋,你当年代人家写《长门赋》得的钱,你愧不愧?

今波: 骂得好! 不过比起阿娇来,好像这卓文君还算是幸福的,至少司马相如还是回到她身边去了。据说,在陈皇后这边等到母亲长公主死后她就更寂寞了,不久就魂归黄泉。那么这个时候阿娇的情敌卫子夫呢,她的下场如何?

君臣长情

许结：也很悲惨。后来因为巫蛊的事情，废了她的儿子，她最后也是凄惨而死。

今波：有句话说得好，"君恩如水向东流，得宠忧移失宠愁"，所谓君恩无常。不过，相比这些怨妇，司马相如应该算自豪的，因为武帝对他很专一，一生都很喜欢他的文章。说他是武帝最欣赏的御用文人，这应该不为过吧？

许结：是的。所以虽然司马相如犯了经济错误，被免了官，但是过了不久，武帝又惦记他了，又想看他的文章了，又把他召出来做官。

今波：可谓起起落落啊！那么司马相如下面的情形会怎样，这是下一篇的话题。

司马相如娶茂陵美女不成，反遭后世讥讽，真是自古多情空余恨。他闹这场恋爱的时候五十出头，史书记载他只活到了五十五岁，也就是说，当时剩下的日子就不多了。可是在生命的最后阶段，司马相如写了一篇文章却引发了一件轰轰烈烈的国家大事。欲知后事如何，且看下一篇《神仙故事》。

【捌】 神仙故事

奉汉武帝之命，司马相如两入西南，立下了很大的功劳，却不料因为经济问题丢了官。闲居不久，汉武帝又想念司马相如的才华，忍不住又召他回来，依旧作了郎官。很有意思，从青年时代起，司马相如立志要做官，做大官，可是这次又回到官场，相如的态度却和从前大不一样了——凡是遇上公卿大臣讨论国家大事，他都不肯发表任何意见，闭嘴，很沉默，沉默是金，而且经常称病在家无所事事。司马相如到底怎么了？

相如笔下的仙境

今波：您说过去司马相如追求了那么长时间想要当官，现在好不容易再次把他召回来了，怎么就三缄其口了？

许结：我想主要有两个原因。一个就是他年龄大了，身体真不好。他一生都被"消渴疾"纠缠着。

今波：就是现在所谓的糖尿病。

许结：他不想见客也就说有病，不想做官也是因病辞官。第二个原因，就是他跟卓氏联姻以后，"饶有财"，就是很有钱。有钱之后就能清高了，所以他不慕官爵。

今波：无所谓，不会再为"五斗米折腰"了，因为他有好多斗米。

许结：他有不得了的财产。我讲古代所谓的隐士必须是有产阶级，有田产。陶渊明没有"方宅十余亩，草屋八九间"，他也隐不起来。

今波：是，要不然他吃什么？

许结：所以，他自己要做官的话，一生三度为郎，都不超过"六百石"。

今波：说起他这俸禄来，挺有意思。在汉代，俸禄就是按粮食数量为标准的，那"一石"折合现在差不多是一百二十斤。咱们现在说什么王县长、李局长，那在汉代得叫王七十二万斤，李三十六万斤。挺怪！那么"六百石"这个官衔，它有多大呢？

许结：官不大。因为当时，汉代最高的地方官太守的食禄是两千石。司马相如一直是"六百石"，在皇帝身边仅仅"六百石"。

今波：低很多。

许结：更重要的是，相如掂量掂量，知道自己在汉武帝心中的地位。

今波：不过如此。

许结：对。

今波：可是这汉武帝不是很仰慕司马相如的文章吗？

许结：在武帝的眼中，像司马相如这样的人，永远只是一个在身边作赋逗乐的文人而已。关于这一点司马迁有深刻认识，在他的《报任少卿书》里面就深刻揭露了汉武帝重视文化，重视文人，身边招了那么多御用文人，无非都是所谓的"主上所戏弄，倡优所畜"。

今波："倡优"就是演员啊。在汉代这些人地位都是不高的。

[捌] 神仙故事

许结：所以御用文人就跟他们一样。

今波：人家说哪一天要把你甩一边就甩一边去了，你不就是逗个乐子而已。可能这个时候司马相如明白了，到了朝廷上我也不发言，随便别人怎么说，还经常请病假不开会不上班。这武帝也应该觉察到他消极怠工了吧，他是怎么处理的呢？

许结：就这样让他勉勉强强过了两年，当了两年郎官。然后到了武帝元朔四年，也就是公元前125年，武帝拜相如为"孝文园令"。

今波：这是个什么官职？

许结：就是负责管理汉武帝的陵墓，是个高级的守墓人。

今波：这个位置好像也不太理想。

许结：食禄还是"六百石"。

今波：也没升上去。

许结：而且是个挂名的闲职，守坟墓有什么事情做呢？不过他毕竟是个文人，给他很多时间，慢慢再写赋、写文吧。

今波：相如每写一篇文章，都得要揣摩武帝的心理，他最近喜欢什么？爱听什么？讲究什么？他开始当守陵人的时候，汉武帝心里面最想的是什么东西？

许结：这个时期汉武帝特别好游仙。机会来了。有一次,他见到了汉武帝,汉武帝又夸他,司马相如你赋写得好,当年那篇《上林赋》真是让我印象深刻。司马相如说不怎么样,他又谦虚一下,以退为进。那个不怎么样,臣现在还有一篇更好的赋,写得差不多了。武帝问什么赋?《大人赋》。献上来看看,就献上去了。

今波:这是不是又是那种马屁吹牛的文章?

许结:写得光怪陆离,很好玩,也不完全是拍马屁。据史书记载,这时候的汉武帝特别好神仙。为什么? 怕死。年龄大了,就要求长生不老之药,所以多次派方士到东海去求药。这些方士就利用他好神仙的一种追求,这一个弱点,拼命骗他的钱财,结果实际上到海边转一圈又回来了,或者到泰山底下玩一圈又回来了。

今波:成公费旅游团了。

许结:有的说已经找到了,找到之后,说什么时候就能怎么样怎么样,实际上什么事也没办。在东海之滨搞巫风、巫术,乌烟瘴气。所以相如在这篇赋里面,实际上劝告汉武帝要谨慎。

今波:您等等……既然当时汉武帝他那么喜欢神仙也好,仙术也好,你干吗还斗胆劝他别迷信,这是不是大胆了点?

许结:赋的功能就是要劝,一方面是美,一方面要劝。所以武帝在求仙的时候,司马相如上《大人

赋》，也是非常委婉地劝。他是这样描写的，他说游仙在天上飘啊飘，到了神仙的境界，神仙的境界也非常空虚，非常清寞，非常孤独，而且无聊，特别是天上那个大仙姑，西王母。

今波：怎么样？

许结：把她写成一个白发苍苍的老太婆，大煞风景。他的意思就是想告诉汉武帝，仙境也并不美好，还是人间好，你作为皇帝还是要把精力放在国计民生方面。

今波：可是汉武帝接受这个劝告了吗？

许结：赋这种文体就是"劝百讽一"。汉武帝不仅没有领会司马相如的用心良苦，反而沉醉在他前面的神游描绘之中，心情愉快，把那种凄清看成美丽。"飘飘有凌云之气，似游天地之间"，好像一种元气把他推到天上游啊游，快活之极。

今波：那个时候他已经情不自禁，飘飘然了。

许结：飘飘然若仙。

今波：对。人家当时就想看他想要的东西，你又写得那么委婉，他哪会去字里行间找你的苦心呢？

许结：这就是大家对经典的解读问题。汉武帝的解读，就解读游仙的快乐。那么还有后代的一些学者，对《大人赋》包括我们前面讲的《长门赋》作另一种解读。他们认为这两篇赋都是司马相如晚年回顾自己一生的经历，来抒发一种怀才不遇的情怀，就是一种"士不遇"的情感和主旨。

今波：两篇赋，《大人赋》、《长门赋》，《大人赋》求仙，《长门赋》是宫怨，怎么都成为抒发怀才不遇情怀了呢?

相如的"士不遇"情怀

许结：分开来讲，比如《大人赋》，虽然在《大人赋》里面司马相如反对那种狭隘的游仙，但是，他在对大人的描绘中间，又受到庄子思想影响。他在这种痛苦的人生中间，不得意中间，就寻求一种精神的超越。

今波：那么《长门赋》呢？

许结：宫怨题材。臣子不被君主所用，这种悲凉的心境，就往往转换了。就像那些被打入冷宫的嫔妃那种凄清的生活，那样地呻吟，那样地挣扎，那样地悲凉，那样地绝望。

今波：有道理，一般的才子是不敢直接写皇上冷落自己。比如孟浩然写了一首诗，"不才名主弃，多病故人疏"，我没有才能，所以明主都嫌弃我，我身上多病，连老朋友都疏远我。这个写得就太直接了。

许结：唐玄宗听出来了就非常不高兴，是你不来找我，关我什么事？我什么时候弃过你？后来孟

浩然就再也没有什么官做了。所以,臣子想发牢骚,得转化一下,用这种宫怨题材来抒发自己的情绪,这个比较巧妙吧。一般男人看到也能接受,皇帝看到也很高兴。在《长门赋》里面,司马相如就描写了一个凄清环境中冷落的皇后,或者是宫女,盼望皇帝的宠幸,结果是失望、绝望。到唐代大量的宫怨诗,实际上都是写"士不遇"情怀,所以从这个意义上来讲,司马相如的《长门赋》可能是最早的宫怨文学题材。

今波:这没法不怨,一个男人三千佳丽,供求太不平衡。但是,反过来看,当臣子也是这样啊,天下那么多读书人,都盼着皇上看得起自己,对不对?皇上注意力那也有限,这要看机遇。不过,终于有一天,是汉武帝想见司马相如了,可是,司马相如却不去见汉武帝了。

许结:当了几年孝文园令,又上了《大人赋》,实在是感到无趣,没意思了,一生上了那么多赋,不过尔尔,于是乎,又以病的理由请辞,不干了。结果,汉武帝看看,年龄也大了,算了算了,批准,你回家算了。

今波:走了。去哪儿啊?

许结:辞职后又回到那个小县城,茂陵。过了一段时间,病重了,消息传到了京城。汉武帝一想,这

〔捌〕神仙故事

是个人才,肯定藏书不少,也写了不少书,赶快派人去取,就派了一个身边的人叫所忠的,到茂陵去取。结果所忠带着皇帝的御命赶到了茂陵,到了相如的家,一进门,相如已经死了好多天了。

今波：关于司马相如的死,还有这么一种传说,这也是在《西京杂记》当中说的,因为文君美貌,相如太贪恋文君美色,再加上糖尿病加重,结果就死在这上面了。

许结：这不可靠,我们还是来看看《史记》的记载吧。《史记》记载说,所忠到了茂陵,相如已死,所忠就问其妻,相如留下了什么手稿？结果他妻子讲,什么也没有,只剩下一个空居,空房子。然后再三问,她想起来了,说他临终的时候告诉我,皇帝会派人来。如果皇帝派人来求取我写的书的话,你把这一卷书札献给皇帝。

今波：这君臣二位,还真是有始有终,就连要死了,也能满足汉武帝的要求,就知道你惦记着和我要文章呢。不过,刚刚这段记载有点奇怪,干吗不说所忠是"问文君",反而说"问其妻"？

许结：这个妻究竟是不是卓文君,没有办法考证。有的学者认为她就是文君,所以在记述这件事的时候甚至有的学者说所忠问文君；有的学者就认为不可能,文君那么有才学,怎么可能一点

赋者风流·司马相如

都不保留？没这个道理。所以这是一个大疑问。我们也不妨推测一下，很可能司马相如在三十多岁琴挑文君的时候，家里已经有妻室了，他孤身在外，背井离乡，是个游士，卓文君是不是也只是相如的一个妾，只是他生命中的一段爱情插曲而已。

今波：对这一点我强烈表示反对！人家卓文君是大家闺秀，怎么给你一个司马相如当小老婆？而且才女怎么了，很多才女都没有保存文稿的习惯，这才是造成他们家空空的原因。反而是家庭妇女才比较仔细，老公有些啥值钱东西都藏起来当宝贝，不会家里空空。不过，我觉得还有一种可能性。

遗作震惊天子

今波：相如如果又搞婚外恋，换作谁她也受不了，文君郁郁寡欢，死在了司马相如的前面，然后司马相如就又找了一个不知什么女子，就续上弦了，不声张了。

许结：狗尾续貂。

今波：对，所以这个名字甚至连太史公司马迁都不知道，有没有这种可能性？

许结：这些事情历史久远，史书又没记载，所以都只能是猜测而已。不过，有一件事是真的。所忠把相如遗札拿回去，献给汉武帝。汉武帝一看，再次震惊，这司马相如真了不起，临终还想着国家的大事，还叫我要行封禅大礼。

今波：这就是有名的《封禅书》的内容。何为封禅？

许结：就是祭天和祭地。从秦始皇到汉武帝都是在泰山封禅，就是"登泰山封天"，到泰山下面一个叫梁父的地方禅地，祭地。所以孔子才讲"登泰山而小天下"，到后来杜甫还讲登泰山以后是"一览众山小"。泰山的意义就跟封禅有关，这是国之重典。《史记》中间记载，在武帝以前，古代有七十二君封禅。这个当然不可靠，但这确实是个大事。所以司马相如到临终还提出了这样一件重要的大事，不能不让汉武帝震惊。

今波：这又合了好大喜功的汉武帝的想法。

许结：可惜，尘归尘，土归土，当这个《封禅书》让汉武帝激动得热血沸腾的时候，司马相如已是"一抔黄土掩风流"了。

　　司马相如死后第五年，汉武大帝开始祭后土；第八个年头，武帝封禅泰山，大汉帝国至此进入了辉煌盛世。但是司马相如却无缘看到这一切了。任你才华绝世，如今也只是茂陵黄土垄中的一堆白骨。然而，一代文宗的故事并未就此结束，在史书上，在戏剧里，在"文化中国"的讲述中，司马相如的故事还将一次次拨动您的心弦。

图书在版编目(CIP)数据

赋者风流·司马相如/许结,今波,夏宁著.—上海:上海文化出版社,2008
(文化中国)
ISBN 978-7-80740-348-7

Ⅰ.赋… Ⅱ.①许…②今…③夏… Ⅲ.司马相如(前179~前117)-人物研究 Ⅳ.K825.6

中国版本图书馆 CIP 数据核字(2008)第 108138 号

出版人
陈鸣华
责任编辑
黄慧鸣
装帧设计
熊 俊
书名提字
彭烨峰

书名
赋者风流·司马相如
出版、发行
上海文化出版社
地址:上海市绍兴路 74 号
电子信箱:cslcm@publicl.sta.net.cn
网址:www.slcm.com
邮政编码:200020
印刷
上海市印刷十厂有限公司
开本
889×1194 1/32
印张
3.75
字数
60 千字
版次
2008 年 8 月第 1 版 2008 年 8 月第 1 次印刷
国际书号
ISBN 978-7-80740-348-7/K·196
定价
15.00 元

敬告:本书如有质量问题请联系印刷厂质量科 T:021-65410805